最強付与術師の成長革命

追放元パーティから魔力回収して自由に暮らします。

Tsukino mint
月ノみんと

illustration
しの

主な登場人物
イリス
高貴な身分のお嬢様。
ただの貴族と思いきや……
ミネルヴァ
付与術師の女性。
魔術師学校を首席で
卒業するほど有能。
アレン
付与術師の少年。
特殊な性質の付与術が使えるが、
周囲はその恩恵に気付いていない。

エレーナ
魔法使いの女性。
長いものに巻かれる性格。
ナメップ
冒険者パーティ
『月蝕の騎士団』のリーダー。
マクロ
数々の魔法を使いこなす賢者。
実は野心家。

1　急成長したんですが……？

ある日の冒険者ギルドにて。

「無能付与術師アレン・ローウェン、貴様はこのパーティを追放だ」

そう言い放ったのは、剣士であるナメップ・ゴーマン。

僕の所属する冒険者パーティ、『月蝕の騎士団』のリーダーだ。

「一応、理由を聞いてもいいかな……？」

「はぁ？　そんなことも言われなきゃわからねえのか？　つくづく無能だな」

僕の問いに一度ため息をついて、ナメップは続けた。

「いいか、お前は成長が見られねえ。だから追放だ。俺たちは今や一流の冒険者にまで成長した。その中で雑魚なままなのはお前だけ。文句は言わせねえぜ？」

「そ、そんな……！」

確かにナメップの言う通り、僕はみんなに比べて弱いままだ。

だけどそれは、付与術師の性質上、仕方ないことでもある。

付与術師はその名の通り、味方を強化して戦わせるジョブだ。

自分で戦うわけじゃないから、どうしても自身の能力の成長は、遅くなってしまう。

「普通はさぁ、これだけ時間があればもっと成長してるはずでしょ？　それなのにアレンはまったく……」

「くっ……エレーナまで……」

追い打ちをかけるように僕を罵（ののし）ったのは、魔法使いのエレーナ・フォイルだ。

彼女の言う通り、僕はいまだに弱い付与術しか使えない。

おまけに魔力量も少ないままだから、付与をかける回数にもかなり制限がある。

「で、でも……！　僕は必死に成長しようと努力してきた……！　だから……！」

「うるせえ！　それだけ努力しても成長しねえから、無能なんだろうが！」

「う……」

「俺たちは何もしなくてもちゃんと強くなってるのによぉ！　言い訳すんじゃねえ、カス！」

僕はこれでも一応、みんなが休んでいる間にも修業をしていた。

確かに、才能の違いを感じてしまうことはあった。

でも、必死に努力しても、遊んでいる彼らに追いつけないなんて……

僕はあれだけ頑張っていたのに……本当、世の中は理不尽（りふじん）だ。

「それに、そもそもあなたみたいな素人（しろうと）同然の付与術師なんていらないんですよ」

「えぇ……!?」

僕の存在を真っ向から完全に否定してきたのは、賢者のマクロ・クロフォードという男だ。

「自分は戦わずに後ろで見ているだけなんて、卑怯者（ひきょうもの）のすることですよ」

「そ、そんな……それが付与術師なのに……」

「あなたの微々たる強化を得たところで、我々にはなんの足しにもなりません」

「っく……」

みんな今まで言わなかっただけで、ずっとそう思ってきたんだな……

僕は悲しくて涙が出そうになる。

これでも一応、みんなとは長い付き合いだ。

みんな初心者から始めて、ともに成長してきた仲間だった。

その成長に、僕は置いていかれてしまったわけだけど……

「ということだ、アレン。もうお前の成長を待ってられないんだわ。おとなしく田舎（いなか）に帰んな」

ナメップはそう言って、僕をドンと押した。

「うぅ……！」

僕はそれだけで吹き飛ばされ、倒れてしまう。

すごい力だ。

まるで何かに強化されているかのような……普通の人間はいくら鍛（きた）えても、ここまでの力は得られないだろう。

それだけナメップの才能と成長がすさまじいってことだ。

そりゃあ、僕の成長の遅さに嫌気がさすのも頷（うなず）ける。

「オイオイ、ちょっと押しただけだぜ？　それで倒れられてもなぁ。まったく、非力な男だぜ」

ナメップは倒れた僕を見て嘲笑（あざわら）った。

「さぁ、こんな雑魚はもう放っておいて、行きましょう？　私、お腹がすいたわ」

「お、そうだな」

エレーナはナメップの腕に手を絡（から）ませた。

ああ……彼女も僕よりナメップのような強い男がいいんだ……

「それに、お前の代わりに、新しい付与術師も用意したからなぁ！　魔術師学校首席のエリート付与術師だ！　お前のようなゴミの成長を待たなくても、元から優秀なやつを雇えばいいんだわ！　しかもそいつは女だからなぁ！　いろいろと使えるぜ！」

「つく……魔術師学校首席……!?　そ、そんな人を……」

本当に悔（くや）しくて、情けない。

でも、僕はいくら努力しても成長できなかったんだから、仕方がない。

物語の世界とは違って、現実はこうも厳しいものなのか。

「くそ……！　僕も成長したい……！　そしていつかみんなを見返してやりたい……！」

——こうして、僕はパーティを追放されてしまった。

だが、僕たちはとんでもない勘違いをしていたことに、後から気づくことになる。

まさか僕のしていた付与術こそが、彼らを成長させていただなんて――

名前　アレン・ローウェン
職業　付与術師
男　１６歳

攻撃力　２２
防御力　２７
魔力　９５
魔法耐性　７７
敏捷　４３
運　３２

スキル一覧
・攻撃力強化（こうげきりょくきょうか）（微）
・防御力強化（ぼうぎょりょくきょうか）（微）

・魔力強化（微）
・属性強化（微）
・耐性強化（微）
・魔法耐性強化（微）
・敏捷強化（微）
・運強化（微）

◇

「ん……あれ……？」

朝、チュンチュンという鳥の声と共に目覚めた僕は、誰もいないことに驚く。

「そっか……僕、追放されたのか……」

昨日はあれから、宿に帰って死んだように眠ってしまった。

さすがに仲間から嫌われるのは、精神的にもこたえる。

「なんで僕の強化はこんなに弱いんだ！　くっそおおお!!」

僕は怒りに任せて壁を殴りつけた。

——ドン！

「いったぁ……！」

しかし、自分の手を痛めただけで、なにも起こらない。

今の僕は、それほど非力だった。

「悔しい……！　よし、でも負けないぞ！　もっと修業して、みんなを見返してやるんだ！」

その日から僕は、付与術の修業を始めた。

これまでにも強くなる努力は続けていた。

休む仲間たちに付与をかけ続け、彼らが寝ている間にも僕は修業し続けていたんだ。

しかし、それで強くなったのは彼らだけだった。

とうの僕は、一向に強くならないまま……

「なにが悪いんだろう……？　なにか根本的な理由があるはずだ！」

僕は一から自分を鍛えなおすことにした。

これまでとは違って、自分に強化をかけてみることにする。

今までは、自分を強化するなんて、考えもしなかった。

自分を強化しようとすると必要な魔力が余分に多くなるし、もともとの能力値が低い僕を強化するよりも、みんなを強化したほうが、効率がいいからだ。

それに、僕が自分に付与術を使おうとすると、なぜかマクロが執拗(しつよう)に止めてきた。

だけど、今はもう僕一人しかいない。

「戦うのは得意じゃない。けど、やるしかない……！」

僕一人でも、強くならなくちゃいけないんだ！

弱い付与術しか使えない僕が冒険者にこだわるのには、理由があった。

それは、田舎の実家で待っている、病気の妹の存在だ。

妹のサヤカを食わせるためにも、僕は大金を稼がなくちゃならない。

そして冒険者がお金を稼ぐといえば、クエストだ。

「とりあえず、スライム狩りから始めるか」

まさか自分でモンスターを狩ることになるなんて、思ってもみなかった。

素の能力が低かったからこそ、僕は付与術師の職を選んだんだ。

きっと才能のない僕が、一人で強くなっていくには時間がかかる。

スライムから始めて、徐々に強いモンスターを倒していかなきゃならない。

だけど、あきらめるわけにはいかないんだ。

古巣を追い出されたばかりの僕に、新しい仲間を求めようという気は、まだ起きなかった。

◇

とりあえずスライム狩りのクエストを受けて、草原までやってきた。

手ごろな剣も武器屋で購入し、戦う準備はばっちりだ。

自分に付与をかけて、剣を握る。

「【攻撃力強化（微）】――！」

――シュン！

唱えると、軽快な音とともに僕の身体にわずかな光が差す。

「よし、これで少しは戦える……かな？」

そしてスライムに向かって攻撃……！

何度か攻撃を当てると、ようやくスライムを倒すことができた。

「ピキー……！」

「なんとか倒せるって感じか……」

我ながら、自分の弱さに嫌気がさす。

素の攻撃力を成長させるには、こうやって何度も敵を倒す必要がある。

他にも、たとえば魔力を成長させたい場合は、何度も魔法を使う。

残念ながら僕の魔力は、これだけ付与術を使っても全然増えていないんだけどね……

「よし……！　次だ、次！」

僕はその調子で、スライムをどんどん倒していった。

付与術は基本、魔力の量の多寡にかかわらず、一定時間で効果が切れる仕組みになっている。

それはどんなに偉大な付与術師でもそうだ。

なので、定期的に付与のかけなおしをする。

「【攻撃力強化（微）】――――！」

そうやってスライムを倒しては一定時間おきに付与をして、戦っていく。

いつの間にか、日が翳り、空が暗くなりはじめていた。

「よし、今日はそろそろ終わりにするか……」

一日かけて、五十四匹くらいのスライムを倒した。

しかし、ほとんど強くなった気がしない。

まあ、最初のうちはスライム一匹倒すのに、五、六発はかかっていた。

今では四発くらいで倒せるようになってきたから、少しは成長しているのだろうけど……

「はぁ……この調子じゃあ、ゴブリンなんて倒せるのはいったいいつになるんだ……？」

ナメップたちはもっとすぐに成長していたっていうのに……

まあ、僕のもともとの攻撃力が低いから、しかたないのかな。

素の能力が低いってことは、才能がないってことだ。

だから僕の攻撃力の成長が、緩やかになるのは当然だ。

ナメップはスライムくらい、最初から一撃で倒せていたしね。

「これが才能の違いってやつなのか……」

それに、【攻撃力強化（微）】は、もともとの攻撃力を強化する効果の付与術だ。

だから、元の攻撃力が高いほうが、当然強化幅も増える。

確か、文献によると、攻撃力を1・2倍にするとかだったかな。

まあ、本当に微々たる強化だから、追い出されてしまったわけだけど……

「これじゃあ、ナメップの言う通りだよなぁ。くそ」

僕が付与術でちまちま強化するよりも、彼らの成長による強化のほうが、早いくらいだった。

【攻撃力強化（中）】を覚えようにも、僕の魔力があまりにも少ないせいで、それもできない。

新しい付与術を習得するには、余った魔力を捧げる必要がある。

一晩寝れば魔力は回復するけど、僕の場合はそもそもが足りないのだ。

「くよくよしていても仕方がない！　僕は僕で頑張るだけだ！」

この日はそのまま、また死んだように眠ってしまった。

一日中付与術を使っていたので、魔力が底をついてくたくただ。

初めて自分で武器を持って戦ったので、全身が筋肉痛だった。

明日はもう少しだけ強くなれるといいな――

◇

それから、次の日も僕は同じようにスライムを倒し続けた。

魔力量の都合で、一日に使える付与の回数には限りがある。

なので、付与は【攻撃力強化】だけに絞って使った。

しばらく倒していると、昼頃にはスライムを一撃で倒すことができるようになっていた。

「やったぁ……！　案外僕には剣の才能があったのか……!?」

もしかしたら、付与術を選んだのは間違いだったのか？

この成長の早さは、そうとしか思えない。

それからまた次の日、今度はゴブリンに挑(いど)んで、倒せるようになった。

そのまた次の日はゴーレム、というふうに、とんとん拍子(びょうし)に強くなっていく。

これじゃあ、まるで冒険者を始めたばかりの――あのころのナメップみたいじゃないか。

そして、ようやく僕は気が付いた。

「あれ……？　さすがにこれ、おかしくないか……？」

いくらなんでも、成長が早すぎる。

あれだけ魔力総量が成長しなかった僕が、攻撃力に関しては短期間で面白いように伸びている。

こんなこと、絶対にありえない。

ステータスの中でも特に攻撃力が低かった僕に、攻撃力成長の才能なんて、あるはずがないんだ。

慌(あわ)てて、僕は自分のステータスを確認する。

すると、そこには驚くほど急成長した攻撃力の値(あたい)が書かれていた。

「ほ、本当にどういうこと……!?」

名前　アレン・ローウェン
職業　付与術師
男　１６歳

攻撃力　　１１３
防御力　　２７
魔力　　　９８
魔法耐性　７７
敏捷　　　４３
運　　　　３２

「攻撃力１１３!?　わ、わけがわからない……！」

ほんの数日前まで２２しかなかった僕の攻撃力が、１１３まで伸びている。

こんなの、天才じゃないとありえない。

今まで僕はほとんど戦ってこなかったから、僕が攻撃の天才である可能性がないわけではない。

だけど、そんなの……ありえるか？

「おかしい……これは検証してみる必要がありそうだ」

そう考えた僕は、試しにしばらくのあいだ【攻撃力強化（微）】を使わないで狩りをしてみた。

すると、いくらモンスターを倒しても、ステータスが一向に上がらなかった。

ってことは……

もしかして、この急激な成長は僕の付与術のせいなのか……？

だとしたら、すべてが覆る。

でも、なんで……？

そこで僕は、ある数字の関係性に注目した。

22と113——攻撃力の値だ。

地面に数字を書いて、計算してみる。

「えーっと、22を1・2倍すると26・4で……」

そうして何度か1・2をかけて計算を続けると……

「……113・5168。端数を除けばちょうど113……か」

となると、まさか……これは全部僕の付与術による強化なのか!?

僕の攻撃力は、修業によって上がったわけではなく、全部付与術のせいってこと!?

でも、それならこの短期間での異常な強化にも納得が……

いや、やっぱりおかしい。

どんな高名な賢者が使っても、付与術は必ず一定時間で解除されるはずなのだ。

「まさか僕だけ付与術が永続的に積み重ねられるってこと……？　いや、そんな馬鹿な……はは……」

自分で言っていて、笑えてくる。

万が一にも考えもしなかったことだ。

そのせいで、僕は今まで一度も気づかなかった。

「この能力って……最強なんじゃ……？」

もし僕の付与術が永続的なものならば、それは無限の成長を意味する。

魔力がある限り、いくらでもステータスを上げ続けることができるじゃないか。

「じゃあ、昨日までに強化した分が全部残っているせいで、僕の魔力は少なかったのか……？」

あれだけ付与術を何度も使った割に、全然魔力が増えなかった。

その原因はこの永続強化にあるんじゃないか……？

そう考えた僕は、推測を重ねる。

魔力を他のステータスに変えて他人に付与する。

これが付与術の本質だ。

あくまで魔力を他人に付与しているだけなのだ。

付与が解除されなかったら、当然その分の魔力は対象の身体に残ったままになる。

魔力は基本、有限だ。

降って湧いてくるようなものじゃない。

それが解除されて一度自然界に戻ることで、はじめて魔力が回復する。

魔力とは、そういう循環する仕組みになっているのだ。

「じゃあ、この……付与術を解除したりなんかしたら……ゴクリ……どうなるんだ……？」

そう思いついたからには、試してみないわけにはいかない。

勝手に解除されないのなら、自分の意思で解除してみるしかないだろう。

もし本当に重ねがけされている付与を解除できたりなんかしたら、僕のこの付与術が永続的なものだっていう証拠にもなる。

「でも、どうやってやるんだ？　いや、とりあえずやってみるしかない！」

付与術は、自分で解除することもできる。

放っておいても時間で解除されるので、普通はまったく使わないんだけどね……

魔力暴走のような危険な状態に陥った場合でもなければ、わざわざそんなことはしない。

だけど、それと同じ要領で解除できるのなら……

「えい……！　付与解除……！」

僕がそう唱えると——

——ズリュリュリュリュリュ……！！！

——ズオオオオオオオオオオオ！！！

様々な方向から、僕の体内へ魔力が流れ込んできた。

まるで洪水のように、魔力の波に呑み込まれる。

「うわああああああああああああああああ！？！？！？！？」

軽い立ち眩みに襲われる。

しばらくして、ようやく意識がはっきりしてきた。

「これで……戻ったのか……？」

半信半疑なまま、僕は再び自分のステータスを開いた。

「うえええええええええっ！？！？！？！？　んなにこれぇ……!?」

名前　アレン・ローウェン
職業　付与術師
男　16歳

攻撃力　22
防御力　27
魔力　58298
魔法耐性　77
敏捷　43

運　32

「58298……!?　なんてでたらめな数字なんだ……!?」

でも、僕の魔力量は確かにそうなっている。

そして攻撃力は元の22に戻っている。

「ということはつまり……これが、僕の本来の魔力……？」

今までこれ全部、知らず知らずのうちに重なっていた付与術に吸われていたのか。

「じゃあ、僕の魔力はちゃんと成長していたってこと……!?」

ふうっと、肩の力が抜ける。

だってこんなの、拍子抜けだ。

自分には才能がないと思っていた。

いくら努力しても、魔力が全然増えないことに悩んでいた。

「ぐす……うう……よかった……」

思わず、涙が出てしまう。

悔し涙じゃない。

嬉し涙だ。

だって、今までの努力は無駄じゃなかったんだ。

やっと、ようやく報われた。

「それにしても、こんな簡単なことに今まで気づかなかったなんて……」

一度でも自分に付与を使えば気が付いたかもしれない。

だけど、それはマクロに止められていたし、自分でもわざわざ弱い自分を強化しようなんて思わなかったしな……

「も、もしかしてマクロはこのことに気づいていたんじゃないか……!? いや、まさかね……」

僕自身でも知らなかったのに、彼が知っているはずがない。

それよりも……

「気づいたからには、もう怖いものなしだよね……!」

だって、これだけの魔力があるのだ。

そしてこの付与術の永久蓄積の仕組みにも気が付いてしまった。

あとはこの膨大な魔力を使って、自分を強化することができる。

自分を強化するのは必要な魔力も余分に多くなるし、非効率的とされているけれど、僕にはそんなの関係ない。

好きなだけ付与術で、ステータスを上げられるんだ！

付与が消えないのなら、そんなの実質、成長したのと同じじゃないか！

「あ……ってことは……今までのナメップたちの成長も……？」

だとしたら、僕が必死に彼らに付与していたその分だけ、彼らを成長させていたことになる。

もちろん、彼らはもともと僕よりもはるかにステータスに恵まれているのだから、彼ら自身の成長もあるだろう。

だけど、さっき付与術を解除して戻ってきた魔力量から考えても、これは間違いない。

彼らを成長させていたのは、他でもない、この僕自身だったのだ……！

「はは……！　そっか……！　僕が……！　全部僕だったんだ……！」

これでなにもしなくても成長しまくっていた彼らの謎が解けた。

なにもしていなかったんじゃない。

この僕が、付与をしていたんだ。

いわばこれは借金みたいなものだ。

僕が付与を解除した結果、一気に返済させられたようなもの。

「今頃とんでもないことになっているぞ……」

とはいえ、もはや僕には関係のない話だ。

彼ら自身も、僕なんかとは比べ物にならないほど実戦で経験を積んでいる。

だから修業していないとしても、それなりに強いはずだ。

きっと僕の永続付与が解けたくらいで、今更困りはしないだろう……たぶん。

「それより今は、自分のことだ……！」

まずはこの膨大な魔力を活かして、なにをするか考えよう。

これだけ余っている魔力を使えば、いろんな付与術を覚えることができるはずだ。

新しい術を覚えるには、それなりに余分な魔力が必要になるけれど……僕にはもはや関係ないも同然。

いくらでも、新しい付与術を研究し放題なのだ。

「でも、その前に……っと」

新しい付与術を覚える前に、まずは既存の付与術の強化から始めよう。

僕の覚えている付与術はどれも、効果が（微）のものばかりだ。

これに余った魔力をそそぎ込むことで、効力を上げるられるはず……

まだ一度も強化したことないから、これが初めての経験だ。

「よし……！　これでどうだ……！」


【攻撃力強化（微）】が【攻撃力強化（中）】に変化しました。

【防御力強化（微）】が【防御力強化（中）】に変化しました。

【魔力強化（微）】が【魔力強化（中）】に変化しました。

【属性強化（微）】が【属性強化（中）】に変化しました。

【耐性強化（微）】が【耐性強化（中）】に変化しました。

【魔力耐性強化（微）】が【魔力耐性強化（中）】に変化しました。

【敏捷強化（微）】が【敏捷強化（中）】に変化しました。

【運強化（微）】が【運強化（中）】に変化しました。


「す、すごい……！」

それぞれ魔力１００を消費して、スキルの強化に成功した。

スキル強化による魔力消費は文字通りの消費だから、寝ても戻ってくることはない。

だけど、それも僕には関係ない話だ。

５８２９８の魔力が、５７４９８に減っただけのこと。

「よ、よし……！　もう一回だ！」

今度は魔力を１０００消費して、それぞれ（中）から（強）に強化してみる。

普通、これだけの魔力を用意しようと思ったら、高名な魔術師でも数年単位でかかってしまう。

ここまで一瞬でスキルを強化させられるなんて、世界で僕だけじゃないか……？

「えい……！　スキル強化！」

【攻撃力強化（中）】が【攻撃力強化（強）】に変化しました。

【防御力強化（中）】が【防御力強化（強）】に変化しました。

【魔力強化（中）】が【魔力強化（強）】に変化しました。

【属性強化（中）】が【属性強化（強）】に変化しました。

【耐性強化（中）】が【耐性強化（強）】に変化しました。

【魔力耐性強化（中）】が【魔力耐性強化（強）】に変化しました。

【敏捷強化（中）】が【敏捷強化（強）】に変化しました。

【運強化（中）】が【運強化（強）】に変化しました。


「うおおおおおおおおおお！　本当にできた！」

まさか僕が生きている間に、スキルを（強）にまですることができるなんて、思ってもみなかった……！

スキル（強）といえば、一部の才能あるエリートが努力して、ようやく手に入れられるスキルだ。

あのナメップでさえほんの二、三個しか持っていない。

それを僕が……！　しかも一気に八つだ。

「ようし、これを使って……今度はステータスをアップだ！」

僕の場合は特別な性質のおかげで、ステータス強化がそのまま成長につながる。

魔力を使ってステータスを上げれば、いくらでも強くなれる。

最初にスキルのほうを強化させたのには、ちゃんとわけがある。

付与術スキルは（微）よりも（強）のほうがはるかに魔力とステータスの上がり幅の効率がいい。

だってそうじゃないと、わざわざスキルを強くする意味がないしね……

どうせ使うなら（強）を使いたかったのだ。

「【攻撃力強化（強）】――！　うおおおおお!!」

その後も、僕は自分の魔力が許す限り、自分のステータスを上げ続けた。

もちろん余分な魔力も残しておかないといけない。

まあ、足りなくなったら、その時はまた付与を解除すればいいだけだけど。

ちなみに、【魔力強化】だけは自分に使っても意味はない。

スキルの消費魔力と、自分の上がり幅が釣り合わないからだ。

名前　アレン・ローウェン
職業　付与術師

男　16歳
攻撃力　474
防御力　356
魔力　29459
魔法耐性　278
敏捷　136
運　98

◇

存分にステータスを強化したにもかかわらず、僕の魔力はまだ29459も残っている。

これだけあれば、自由に新しい付与術の研究が行えるぞ！

スキルの強化に魔力が必要だというのは、さっきやった通りだ。

それ以外にも、スキルの新規会得にも余分な魔力がいる。

「といっても……僕はこれが初めてだけど……」

今まで魔力が余るなんて状況がなかったから、新しい付与術なんて覚えたことがなかった。

最初に付与術師の職を選択したときに会得できる、初期スキルのみでやってきたのだ。

スキルの会得には、スキル強化以上に膨大な魔力が必要だからね。

スキル会得はツリー方式になっていて、いろいろな項目から選べる。

「さて、どんな付与術スキルがあるんだろう」

僕はスキルツリーを開くのもこれが初めてだった。

スキルツリーを開くと、そこには会得可能なスキルがずらっと並んでいた。

どれもこれも魅力的なスキルだ。

・自動回復付与（微）
・金属肉体付与（微）
・行動回数増加付与（微）
・魔力反射付与（微）
・自動追尾付与（微）
……

などなど、このほかにも無数にスキルツリーが連なっている。

どのスキルも、会得するのにそれなりの魔力が必要みたいだ。

基本的には５００から１００００の間で、必要な魔力はスキルの効果によっていろいろだ。

「どれをはじめに会得するか、迷うなぁ……」

こういうのは実際に使ってみないと、効果がわからないしね。

しかも数が多すぎて、もはやどれを選べばいいかさっぱりだ。

そうやってスキルツリーをたどって一番下まで見ていくと――

「あれ……？」

一つだけ、どのスキルツリーにも属さない、変わったスキルがあった。

いきなりそれを選ぶことができるようになっているが、スキルの会得に要求される魔力量はとてつもない。

なんと余分な魔力を１０万も捧げなければいけなかった。

普通、上位の強力なスキルは、そもそも段階的にスキルツリーを進んでいかないと選べなかったりするのに。

???付与：10万

「これ……なんだろう……？」

まるでそれだけ隠したいかのように、一番下にひっそりとあるのだ。

名前も「？？？」となっていて、どういったものなのかわからない。

「こんなの、でたらめすぎる……」

こんな不思議なスキルがあるなんて、初めて知ったぞ……

他の付与術師からも、こんな謎スキルの噂（うわさ）は一切聞かなかった。

ってことはつまり……これは僕のユニークスキルだったりするのかな……？

基本的にスキルツリーは、同じ職なら同じツリー構造になっているものだが……まれに、そういう特別なスキルが存在することもあるそうだ。

また、人によって得意な系統のスキルも違うようで、相性によって必要な魔力ポイントも差があったりする。

ユニークツリーなんて、初めて見たけど、まさかそれが僕のだとは……

こんな下にあったら、危（あや）うく気づかないところだった。

「ユニークスキルってことは、きっと強力な付与術なんだろうな……」

しかも、必要な魔力量が桁違いすぎる。

ここまでの対価を求められるなら、きっとその効果はすさまじいはずだ。

僕は、他のスキルツリーのことなんか忘れて、その謎のユニークスキルに夢中だった。

どうにかしてこのスキルを覚えたい、そう思った。

「でも……10万もの魔力量なんて……いったいどうすればいいんだ……？」

魔力の総量を増やすには、ひたすら魔力を使うしかない。

つまり、付与術を使用しまくればいいわけだ。

普通の付与術師が魔力を鍛えようと思えば、その手順はこうだ。

まず付与術を使って、魔力を減らす。

それから一晩寝れば、ある程度魔力が回復するとともに、その総量もわずかに増えるという仕組みだ。

でも僕の場合は、付与術を使うと持続してしまう体質だから、寝ても魔力が回復しない。

「あ……！　逆に言うと、付与を解除すれば、さっきみたいに魔力が戻ってくるんじゃないのか……!?」

とにかく、やってみるしかないな……！

さきほど付与術でステータスを強化したばっかりだけど、僕は一度、そのステータス強化を全部解除してみることにした。

すると――

「うおおおおおおおお……！？！？！？」

なんと、他のステータスは付与する前の値に戻ったが、魔力の項目だけ大きく成長していたのである――

名前　アレン・ローウェン

職業　付与術師

男　１６歳

攻撃力　２２

防御力　２７

魔力　５８５９８

魔法耐性　７８

敏捷　４３

運　３２

「睡眠を取っていないのに、魔力が58298から58598に増えている……!?」

確かに、僕はさっきステータスを上げるために、何度も付与術を使った。

その際に魔力も増えたってことか……!?

だとしたら、これを繰り返すだけで、僕は無限に魔力が手に入るんじゃないか……!?

「ゴクリ……ヤ、ヤバすぎる……!」

もう一回、魔力が空になるまでステータスを強化してみることにしよう。

今度は本当に魔力が尽きるまで、付与術を使ってみる。

名前　アレン・ローウェン
職業　付与術師
男　16歳
攻撃力　　8950
防御力　　7360

魔力　１２９
魔法耐性　５６８９
敏捷　３８９９
運　４７１２

「はぁ……よし……！　解除だ……！」
すると、今度は魔力が５８５９８から５９０９８に増えた。

名前　アレン・ローウェン
職業　付与術師
男　１６歳
攻撃力　２２
防御力　２７

魔力　　　59098
魔法耐性　78
敏捷　　　43
運　　　　32

――――――――――――――


「す、すごすぎる……！」

ちょっとずつだけど、これなら無限に魔力を増やすことができるぞ！

魔力10万も夢じゃない！

「よし、あの謎の？？？スキルを解除するために、魔力10万溜めてやる！」

僕はそのあとも、ステータスを強化してはそれを解除して――を、何度も何度も、延々と繰り返した。


何回目だろうか、夕方になってきたころだ。

「うう……なんだか身体が重い……」

さすがにこう何度も魔力を行き来させていると、疲れも生じるのだろうか。

別に魔力を消費しているわけではないんだけどな……

水を飲んではトイレに行ってを何度も繰り返しているようなもので、身体に負担がかかるのかもしれない。

とにかく、今日はもうこれ以上はできないな。

「よし、今日は休んで、続きは明日にしよう」

僕はふらふらの足取りで宿に戻った。

ものすごく眠たくなって、そのままベッドに横になる。

「ふわぁ……これ、思ったよりもしんどいぞ……」

まあ、なにもデメリットなしにこんなことができるほうがおかしいんだけど……

それでも、これをコツコツ続ければ、いつかはきっと魔力が10万にたどりつくはずだ。

今まではあれだけ努力をしても、まったく実らなかった。

ちゃんとこうやって修業した分、それが力になる――それだけで、僕にとっては十分だった。

「ようし、明日からまた頑張るぞ！」

僕は毎日欠かさず、魔力を増やすための修業を自分に課した。

身体の痛みは全然苦じゃない。これまでの努力や苦労が、一気に報われていく、そんな思いでいっぱいだった。

やっと、ナメップたちに追いつけるんだ。

「絶対にナメップより強くなってやる！」

成長して、僕を置いていった仲間たちに、一刻も早く追いつきたい。

努力がちゃんと数値に反映されるって、この上なく幸せだなぁ。

そんなふうに思って、寝る前に、最後にもう一度ステータスを確認してみる。

今日一日――いや、これまでの人生すべてで――汗を流して頑張った成果が、そこにはちゃんと刻まれていた。

名前　アレン・ローウェン
職業　付与術師
男　１６歳

攻撃力　　２２
防御力　　２７
魔力　　６１５９８
魔法耐性　７８
敏捷　　４３
運　　３２

2　傲慢と偏見

【Side：ナメップ】

俺の名はナメップ・ゴーマン。

『月蝕の騎士団』という一流冒険者パーティのリーダーをしている。

ついさっき、パーティのお荷物だったアレンを追放してやったところだ。

今までは俺の寛大な心でなんとか許容してやっていたが、もはや我慢の限界だった。

まあ、虐めて鬱憤を晴らす相手がいなくなったのは少し寂しいが……

それでも、俺たちにはアレンを追放しなければならない理由があった。

というのも、俺たちのパーティがエスタリア王国の〝勇者パーティ〟として選ばれたからだ。

そんな俺たちは、王都にある城を目指して街道を進んでいた。

その道すがら、マクロが話しかけてきた。

「やりましたね、ナメップさん。これで僕たちの人生も安泰です」

「ああそうだな、マクロ。ようやくここまで来たんだ」

勇者パーティに選ばれることは、この世で一番の栄誉だった。

五年に一度、各国の王が、自国の冒険者を一組ずつ選んで、勇者パーティに指名する。

指名されたパーティは、それぞれ国を代表して、様々なことに挑む。

ようは、国一番の実力者集団であり、国の顔のようなものだ。

魔王がいない平和な時代、勇者の仕事というのは国の使いであり、いわば平和の象徴だった。

具体的に言えば、国中を回って人助けをする、カッコいい仕事なのだ。

俺が勇者として各地を回れば、いろんな女がやってきて、ウハウハに違いない。

「勇者パーティにあんなお荷物は必要ないからな。ちょうどいいタイミングだったぜ」

「そうですね。他の国の勇者に情けないところを見せるわけにはいきませんから」

アレンにはそのことは伝えずに追放した。

まあ、勇者パーティのことを知ったら、しつこくついて来ようとしたかもしれないからな。

今日俺たちは、王様に呼ばれているのだ。

他の国の勇者も集まっていて、顔合わせをするらしい。

「よし、俺たちが最強のパーティだって見せつけてやろうぜ！　選んでくださった王に恥をかかせるわけにはいかねえ！」

「ですね！」

……っと、その前に。

城へ行く前に、俺たちは新しいメンバーと落ち合わなければならない。

最も理想的とされるパーティの人数は四人だ。

アレンが抜けた分、他の付与術師を入れることにした。

勇者パーティになれるとあって、凄腕（すごうで）の付与術師が仲間になってくれた。

「よろしく……ナメップ……だったかしら」

「ああそうだ。よろしく頼む、ミネルヴァ」

新しいメンバーのミネルヴァ・ティマイオスと握手を交わす。

ミネルヴァは女性付与術師として有名な人物だった。

スタイルは抜群で、白い髪と緑の瞳が非常に美しい。俺好みの女だ。

少し不愛想（ぶあいそ）な感じなのが気にかかるが……まあ、そういう女を落とすのもいいものだ。

「さあて、じゃあさっそく城へ向かうか」

俺たち新生『月蝕の騎士団』は、他の国の勇者も待つ会合に向かった。

他の国のやつらの前で失敗は決して許されない。

だけどまあ、このメンバーなら絶対に大丈夫だ！

ずっと一緒にやってきたアレンをばっさり切って、本当に正解だったな。

王様に認められるなんて、一世一代の大チャンスだ。

もうこんな幸運は、二度とないだろう。

だから絶対に恥をかくわけにはいかない。

今までの俺の人生が、ようやく報われようとしていた――

◇

城へ向かう道中、俺たちは何度かモンスターの群れに襲われた。

しかし、俺たちは勇者パーティに選ばれるような特別な存在だ。

いつも通り、余裕で撃退できる。

いや、こっちには新メンバーのミネルヴァがいるのだ。

アレンとは違って、優秀な付与術師のな。

だからいつも以上に、楽勝なはずだ。

そう、そのはず……だった――

「うおおおおおおおおお‼」

俺が勢いよくモンスターに斬りかかると、後ろでミネルヴァが付与を発動してくれた。

「【攻撃力強化（中）】――！」

――ズシャア‼

そのおかげで、俺の攻撃はさらなる威力で炸裂する！

アレンのちっぽけな付与とは違って、豪快な一撃が繰り出せた。

「おお！　さすがは一流の付与術師だ！　力がみなぎってるぜ！」

「どうも、そっちこそ。なかなかやるわね」

しかし戦闘が終わると、俺の中から一気に力が抜けていく感じがした。

「お……？　おい、どういうことだ？」

「付与が切れたのよ。付与術は時間制限がある、知っているでしょう？　もう一回かけなおすわ」

「そうなのか。おう、頼む」

そういえば、付与術ってのはそういう仕組みだったな。

アレンの付与がへぼすぎて、すっかり忘れてしまっていた。

あいつの付与は効果が切れても気づかないほどの微々たる量しか強化してくれないからなぁ……

「よし！　やっぱりアレンの付与はゴミだな！　ミネルヴァの付与は有能だぜ！　こんなに一気にパワーがみなぎるのは初めてのことだ！」

俺は絶好調でモンスターを倒していった。

しかし、城までの道を半分くらい来たところで、さらなる違和感に気づく。

「なんだろうか……？　しっくりこねぇなぁ……」

「そうだよねぇ。いつもならもっと、戦った後に成長するはずよね？」

エレーナも俺に同意のようだ。

そう、俺たちはいつも、戦うたびに大幅な成長をしてきたのだ。

もはや、成長しないなんてことがないくらい、能力が伸び続けていた。

だが、今日は全くといっていいほど自分たちが成長している感覚がない。

「おかしいな……付与はいつもよりも感じるんだが……」

もしかして、このミネルヴァとかいう女がなにかしているのか？

今までと違う点といえば、アレンがいなくてミネルヴァがいるということだ。

となると、原因はそこにある。

アレンになにかできるとは到底思えないし、だとしたらミネルヴァだ。

「わ、私はなにもしてないわよ！　言いがかりはやめて！」

「うるせえ！　お前の付与のせいで、成長できないってことはないだろうな⁉」

俺が問い詰めると、ミネルヴァは苛立たしげに眉をひそめる。

「そんなわけないわ……！　それに、普通成長っていうのはもっと時間がかかるものでしょ？

さっきからなにを言ってるの？」

「はぁ……？　俺たちは毎日のように成長しまくってたんだよ！」

「そんな馬鹿な話……」

まったく、話の通じない女だ。

しかし、今はそんなことで言い争いをしている場合ではない。

なにせ王から直々に城まで呼ばれているのだ。

他の国の王や勇者パーティも集まる式典に、遅刻するわけにはいかない。

もし遅れたりなんかしたら、国の威信にかかわる。

「ちっ……先を急ぐぞ」

さっそく険悪な仲になりながらも、俺たちはなんとかそのまま旅を続けていった。

そして、ようやく城にたどり着く。

「おお、勇者ナメップよ。待っておったぞ」

「はい。お待たせしました、王様」

ここから、俺たちの勇者としての活躍が始まるのだと思うと、感慨深い。

輝かしい未来を疑いもせず、俺は一路王都を目指したのだった——

◇

エスタリア国王ブレイン様直々に迎えられ、俺たちは城の中に入る。

そこにはすでに各国の王とその勇者パーティたちが集まっていた。

「さあて、これから勇者お披露目会を始めよう」

大臣の一声で、式典が始まる。

順調にプログラムが進んでいき、俺たちもほっとしていた。

ただならぬ緊張感があったが、この場にいられることをなによりも誇りに思った。

それにしても、つくづく俺は運がいいと思う。

大した努力もせず、ただ戦っているだけでここまで強くなり、成り上がれたのだから。

「さて、そろそろ宴もたけなわですな」

王がそんなことを言って、みなの注目を集めた。

なにやらイベントでも始めようというのだろうか。

「それではここらで少し、面白いゲームをしてみませんかな？」

「ゲーム……というと？」

他国の王が尋ねる。

うちの国の王様はこういう遊び心のある人物だ。

こんな王に勇者として選ばれて、俺も鼻が高い。

絶対に王に恥をかかせるわけにはいかないな。

「どうです？　各国の勇者同士で模擬試合をして、その結果で明日の会合の議長を決める……というのは？」

「はっはっは、ブレイン王。それは面白いですな。ぜひ」

おいおい……勇者同士で模擬戦か……

まあ、ちょうどいい。

俺たちの実力を、他の国のやつらにも見せつけるいい機会だな。

俺は舐められるのが大嫌いだ。

それに、弱いくせに偉そうなやつもな。

選抜勇者の中で誰が一番上なのか、俺がわからせてやる。

「それでよいか？　勇者のみなも」

「「はい、仰せのままに」」

俺たち勇者はみな、異口同音に答えた。

もっとも、王の命令に背くようなやつは、そもそもここまで来ないだろう。


俺たちは城の闘技場に移動して、模擬試合の準備を始めた。

他国の勇者たちと戦うなんて、なかなか面白そうだ。

まあ、俺は天才で最強だから、万が一にも負けるなんてありえない。

それに、絶対に負けられない戦いだ。言い出しっぺのうちのブレイン王に恥をかかせることにもなるからな。

ここで俺の一生が決まる、そんな戦い。

これまで積み重ねてきた十数年分の俺の人生が、一気に試されるのだ。

むろん、負ける気はさらさらない。

だが、プレッシャーがすさまじいのもまた、事実だった。

そんな俺に、王はさらなる期待をかけてくる。

「さあ勇者ナメップ、お前の力を見せつけてやれ！」

「はい、王様……！」

俺は自信たっぷりに、自分のステータスを確認した。
これほどの実力があれば、万が一にも負けるはずがない。

名前　ナメップ・ゴーマン
職業　火炎騎士（かえんきし）
男　１７歳

攻撃力　２１１６
防御力　１５６２
魔力　１０５８
魔法耐性　５７６
敏捷　１５４
運　１４８

俺は他国の勇者と共に壇上に上がる。

他のパーティメンバーはいない。

代表の勇者同士の一騎打ちだ。

勇者は全部で八人。トーナメント形式で勝敗を競う。

「俺はエスタリア王国代表勇者、ナメップ・ゴーマンだ！」

剣を抜いて、お互いに名乗りあう。

「ベッカム王国代表、グシャキャバ・パッキャローだ」

「ふん、変な名前だな」

「なに……⁉　貴様、俺を侮辱するのか⁉」

「黙れ雑魚。俺が一番強い勇者だと理解させてやろう」

「なんだと……⁉」

そして、いざ尋常に勝負――！

そのときだった――

「…………⁉」

急に、世界が揺れたような気がした。

「地震か……⁉」

困惑する俺に対して、相手の勇者は平然とした様子だ。

「…………？　俺はなにも感じないが……？」

そして――
――ズリュリュリュリュリュ……！！！！
――ズオオオオオオオオオオ！！！！
ものすごい音とともに、俺の身体の中から、なにかが抜け出ていくのがわかった。
これは……魔力……？
俺の体内から魔力があふれ出し、はるか上空へ吸い上げられていく。
いったい、どういうことだ……⁉
「うわあああああああああ⁉」
そして気が付いたときには、力が抜けたように、身体が重くなっていた。
くそ……！
今から戦おうってときに、なんだこれは……⁉
駄目だ、このままでは勝てない。
俺の本能がそう告げていた。
今まで感じていた身体の中の力が、すべて抜け落ちていっている気がする。
俺は慌てて、自分のステータスを確認した。
すると驚くべきことに、俺の能力は先ほどまでとは変わり果てた数値を示していた。

名前　ナメップ・ゴーマン
職業　火炎騎士
男　１７歳

攻撃力　９
防御力　７
魔力　９
魔法耐性　５
敏捷　３
運　２

はぁ……!?
な、なんだこれぇ……!?
いったい俺の身に、何が起こったんだ……!?
とりあえず、この場をなんとかしないと……!

「ふん、怖気(おじけ)づいたか？」

動揺が顔に出ていたのか、相手の勇者が挑発してくる。

「ちょ、ちょっと待った……！　今は体調が悪いんだ」

「はぁ？　なにを言っているんだ？　この期に及んで、そんなの無理に決まっているだろう」

くそ……負けるにしても、棄権(きけん)するにしても、このままだと王に恥をかかせてしまう。

それだけは避けなければならない。

これは王の面子(メンツ)がかかっているのだ。

それだけではない。明日の王だけで行われる会合――そこで議長を務めることは、とても重大な意味を持つ。

ブレイン王がこの勇者対抗模擬試合を提案したのも、俺に対する絶大な信頼があってこそだ。

王はきっと、俺が簡単に勝つと思っていたから、言い出したのだろう。

実際、さっきまでは俺もそのつもりだった。

そのくらい、俺の実力は圧倒的だったのだ。

それなのに、なんで……!?　俺は急に力を失ったんだ……!?

「ごちゃごちゃうるさい！　いくぞ……！」

「あ……！　ちょ……！　待ってくれ！」

俺の言葉は無視され、ベッカム王国代表勇者・パッキャローが、俺に向かって剣を振り下ろす。

俺はそれを、完全によけることができない。

なぜだろうか、身体が石のように重くて、動かないのだ。

こちらもなにかスキルを繰り出そうとするが、間に合わない。

というか、発動さえしなかった。

どういうことだ、魔力が全然感じられない……！

「うおおお！　いくぞ！」

——キンキンキン!!

——ズシャアアア!!

「ぐあああああああああああ⁉」

俺の右腕が切られ、地に落ちる。

「………………⁉」

向こうもまさか俺がこうもあっさりやられると思っていなかったのだろう。

明らかに驚いた顔をしている。

「き、貴様……⁉　魔力で身体を覆わなかったのか⁉　馬鹿め。それでも本当に勇者なのか⁉」

「ぎやあああああああああ！！！！　うえぇぇぇぇえん！　死ぬううううう!!　いでぇよおおおおおおおおお！！！！！」

腕を切り落とされ、俺はあまりの痛みにのたうち回った。

ダラダラと血が流れて止まらない。

くそ……今まで俺は耐久力でも人一倍自信があった。

ここまでの負傷、こんな痛みは生まれて初めてだ。

魔力で防御しようにも、今の俺には肝心の魔力がなかった。

なぜか、俺の身体から魔力が抜け出てしまったせいで……

「うわ！　こいつ、漏らしていやがる！　汚ねえ！　近寄んな！」

「ぎああああああああああ‼　うえええええええええん！　ママあああああああ！　いでええええええええよおおおおおお！！！！」

俺は地面に倒れこんで、暴れ回った。

もはや自分が失禁していることも気にならない。

それどころじゃないくらい、尋常じゃない痛みに襲われているのだ。

「おい、誰か医務室に運んでやれ」

「ベッカム王国代表勇者の勝利！」

そんな声が聞こえる。

そして俺は、数人の男に抱えられ、医務室へと運ばれるのだった。

その途中、ブレイン王の顔が目に入る。

「むむむむむむぅ…………ナ、ナメップよ…………これはいったい……なにが起きたというのだ………‼」

ブレイン王は目の前の出来事が信じられないといった様子で唸（うな）っていた。

怒るでもなく、泣くでもない。

そして、感情のない冷めた目で、俺を一瞥（いちべつ）すると、席を立った。

ああ……俺は失敗したんだ……失望されたのだ。

もう二度とチャンスはないかもしれない……

そんな絶望とともに、俺は意識を失った。

◇

「ぐぎえあああああああ‼　いってえええええええええ！！！！　死ぬ！　死ぬ！　死ぬううううう！！！！！」

あまりの痛みに、俺はベッドの上でものたうち回った。

城の医務室に運ばれた俺だったが、もはや死にたい気分だった。

大人しくベッドの上に寝ていることもできない。

放っておくと暴れてベッドから落ちてしまうので、俺はベッドに縛り付けられていた。

くそ……屈辱的（くつじょくてき）にもほどがある。

「ナメップ……！　大丈夫⁉」

エレーナが病室に来て、俺に駆け寄ってくる。

しかし、俺にはそれを優しく迎えるような余裕はない。

「うるせえええええ！　これが大丈夫に見えるのかあああ！」

「ナメップ……！」

ずっと痛みが引かず、俺は叫び続けた。

しびれをきらした看護師が、俺に薬物を投与した。

なにやら聞いたこともないような名前の薬物だったが、効き目はばっちりだ。

一応話せるくらいには、痛みが引いた。それでも、正気を保てないほどのめまいだけはやまなかったが。

「な、なにがあったの……⁉」

心配そうな顔のエレーナが再度俺に尋ねた。

「それが……力が消えたんだ……あのとき、急に……」

どういう理屈だか不明だが、今までの成長がすべて水の泡となって消えたような感じだ。

誰かによる呪いなのか、それはわからないが、とにかく、今俺はピンチだった。

いや、俺たちは……か。

「そういえば……私も、なんだか魔力を感じないわ」

「やはり、エレーナもか……」

ということは、マクロも同じだろうな。

俺たちは、誰かに力を根こそぎ奪われたのだ――

◇

その後、しばらくして——

マクロとミネルヴァもやってきて、俺のベッドの横に置かれたソファに座る。

みんな、俺を心配してくれているが、それと同時に不安を隠しきれない様子だ。

当然だ。

俺は、みんなの前で恥をかいたのだから。

いや、俺一人が恥をかいたのならまだましだ。

だが実際は、俺はもっととんでもないことをしでかした。

ブレイン王の期待を裏切り、恥をかかせ、その顔に泥を塗ったのだ。

それは決して、許されることではない。

俺は、人生最大のチャンスを棒に振った。

人生最大の失敗によって……

「ナメップ……！　ナメップはどこだ！　貴様ぁあああ!!」

そんな大声とともに怒鳴(どな)り込んできたのは、ブレイン王の側近の男だった。

確か名前はベシュワールとか言ったっけな。

無駄に仰々(ぎょうぎょう)しくて、傲慢そうな名前だ。

彼は鬼の形相(ぎょうそう)で、俺に近寄ってきた。

そして俺が怪我をしていることなんかおかまいなしに、首根っこをつかんで怒鳴りつけてくる。

「ブレイン王の前でなんたる醜態!!　私の首も危ういではないか!?　なにをふざけたことをしてくれたんだ、このウスノロがあああ！！！！」

「つく………」

俺としても、言い返す言葉もない。

俺が醜態をさらしたのは紛れもない事実だ。

なにより、俺自身がそのことを屈辱に思っていた。

だが、俺の身体から力が消え去ったのだから、どうしようもないじゃないか……

「あれはいったい、どういうことなんだ!?」

怪我人である俺を乱暴に問い詰めるベシュワールを、エレーナが制止する。

「ちょっと！　ナメップは怪我をしているのよ……！」

「うるさい！　こんな男、死んでもかまわん！　この疫病神が！」

エレーナは俺への扱いに不満があるようだった。

しかし、俺はどんな言葉にも耐えようと思った。

まだ、終わっちゃいない……

ここから、なんとしてでも汚名を返上しなければ、俺に生きる術はない。

すると、エレーナがベシュワールになにかを言い始めた。

「そんな、ひどい！　だって仕方ないじゃない……！　私たちはねぇ……！」

しかし俺はそこで、エレーナに黙るように合図を送った。

彼女は、俺たちが今、力を失っていることを、この男に話そうとしているようだ。

だが、そんなことは絶対にさせない。

俺たちがこうして勇者パーティとして重用されているのは、力があるからだ。

それがもう力を失ってしまったと知られたら、どうなる？

へまを一回しただけじゃすまなくなる。

そうなったら、本当に用済みとして捨てられてしまうじゃないか……！

「いいんだ、エレーナ。俺が油断したのが全部悪い……俺のせいだ……」

俺は声を振り絞るようにしてそう言った。

「ナメップ……」

「――ちっ、本当だよ。このカスめ。全部お前のせいだからな！」

ベシュワールはそれだけ言うと満足したのか、乱暴な足音を響かせながら消えていった。

よし、これでとりあえず、この場はなんとかしのげたな。

このまま誤魔化しておいて、力を回復させる手段を探ろう。

「ナメップ……どうして……！　素直に言えば許してもらえたかもしれないのに……！」

「馬鹿か、そんなことできるわけないだろう。余計に王に失望されるだけだ」

「ナメップ……」

「それよりも、俺たちの力が消えた秘密を探るぞ……！」

王にはこのことは隠しておけばいい。

どうせこの後は王城を離れて、それぞれの勇者の活動に入るんだ。
他国の勇者に一度敗れたくらい、なんてことはない。
まだ挽回のチャンスはある……はずだ……！

3　世界最初のレベルアップ

付与術の秘密と魔力の成長方法に気づいた僕は、あれから毎日修業に励んだ。

何度も何度もステータスアップと付与解除を繰り返し……

次第に、一日の間に使える付与の回数も増えていった。

身体が慣れてきたのだろうか。

そして気がつけば、ほんの数週間で魔力10万に達していたのだった。

「うわ……すごい……！　本当にここまでこられたんだ！」

まさか生きているうちに、魔力10万なんて馬鹿げた数字を見ることになるとは思わなかった。

普通にやっていたら、一生かかっても到達できない数値だ。

でも、僕のこの永久持続する付与術のおかげで、こんな芸当が可能になった。

「さぁて……それじゃあ、さっそく……」

僕はもう一度、スキルツリーを開いた。

そして、お目当ての例のスキルツリーに目を通す。

？？？付与　必要魔力：１０万

スキルツリーの一番下にある、謎のスキル。

僕はそれを会得するべく、これだけの膨大な魔力を集めたのだ。

念のため、魔力は少しだけ多めに溜めてある。

このスキルを覚えるのに１０万使用したあとにも、また魔力を上げなきゃいけないからね。

「なんだかわからないけど……これに魔力を使うぞ……えい！」

僕は満を持して、そのスキルを会得した。

身体の中から、１０万ポイント分の魔力が、すうっと抜け出ていくのがわかる。

これで、本当にこのスキルを会得できたのか……？

僕はおそるおそる、ステータスを開いた。

すると、スキル一覧の中に『レベル付与(ふよ)↑ＮＥＷ‼』という見覚えのない表示があった。

「レ、【レベル付与】……？？？？」

僕はその聞き慣れない言葉に、眉をひそめた。

いったいこのスキルは、なんなんだろうか……

確かにちゃんとスキルは会得できたみたいだけど、まだどういうスキルなのかはさっぱりだ。

これでへぼスキルだったら本当にがっかりだけれど……まさかそんなことはないよね。

「使ってみるしかないよな……」

僕はおそるおそる、それを自分に使ってみることにした。

追放されて、仲間は僕以外いないんだから、そうするしかない。

一か八かだ……！

「【レベル付与】――‼」

すると、僕の身体が青白い光に包まれた。

数秒経って、光は僕の中に吸い込まれて消え去った。

「なにが変わったんだろう……？」

見た目や体感でわかるような変化はなかった。

たとえば【攻撃力強化（強）】なんかだと、体感でもわかるくらいには力がみなぎってくる。

だけど、なにも感じないということは、それ以外の変化があるのだろうか。

となると、実際にステータスを見てみるしかないな。

僕はもう一度、ステータスを確認した。

どうやら魔力は１００減っているようだけど……

それ以上に、驚くべき変化がそこにはあった。

「レ、レベル1……!?」

名前　アレン・ローウェン
職業　付与術師
男　16歳
レベル　1　↑NEW!!

攻撃力　22
防御力　27
魔力　12435
魔法耐性　77
敏捷　43
運　32

「レ、レベルって、本当になんなのおおお……!?」

僕のステータスに、新しく追加されたレベルという概念。

そんな項目がある人は、見たことも聞いたこともなかった。

これがなにを表すものなのか、詳しく知っていく必要がある。

「レベル1っていうくらいだから、数字が上がっていくんだろうけど……」

だけど、どうやれば数字が上がるのかもわからないし、なにに関するステータスなのかもわからない。

僕は草原の真ん中に突っ立って、頭を悩ませる。

すると、ちょっと離れた場所を、馬車が通りかかった。

しかし、なにやら様子がおかしい。

どうも馬車はモンスターに追われているようだった。

――ドドドドドドドド。

「た、助けて～!!」

ど、どうしよう……目の前の人がピンチだ。

でも、僕なんかじゃ……いや、待てよ。今までの僕なら無力だったが、今の僕には膨大な魔力があるじゃないか。

付与術でステータスを上げてから戦えば、僕にも人を助けることができるんじゃないか!?

そうと決まれば……！

「【攻撃力強化（強）】――!!　【防御力強化（強）】――!!」

僕は急いで自分に付与術をかける。

そして、モンスターと戦えるようにステータスを調整した。

名前　アレン・ローウェン
職業　付与術師
男　16歳
レベル　1

攻撃力　256
防御力　98
魔力　17
魔法耐性　77
敏捷　112
運　48

「よし！　これでいけるか⁉　いくぞ！　うおおおおおおお！！！！」

僕は剣を持って、モンスターに立ち向かう。

モンスターは『コカトリス・ワイバーン』という中級モンスターだった。

ニワトリの頭に、ドラゴンのような下半身を持っているモンスターだ。

馬車もモンスターもそれなりに速かったが、僕も敏捷を上げてあるので、なんとか追いつける。

「えい……！　大丈夫ですか……⁉」

――ズシャアアアア‼

僕はコカトリス・ワイバーンをぶった切り、馬車に駆け寄った。

よかった、僕でも簡単に倒すことができた。

僕に気づいたのか、馬車がその場に停止し、中から人が降りてきた。

「あの、助かりました……ありがとうございます」

馬車から現れたのは、見目麗しい絶世の美女だった。

身に着けているものや、その品格から、彼女がお金持ちだというのがわかる。

きっとどこかの有名なご令嬢なのだろう。

彼女の横にはメイドのお姉さんがついている。

メイドさんも美人だ。

「護衛（ごえい）の人たちも一緒にいたのですが……いつの間にかはぐれてしまって……」

そう言って、ご令嬢が頭を下げた。

「そうだったんですか……それは災難でしたね」

「でも、あなたが通りかかってくれたおかげで、難を逃れました」

「いえいえ、僕はなにも」

こんなふうにお礼を言われるのは、いつぶりだろうか。

僕はいつもナメップに軽んじられてきたからなぁ。

それも、僕一人で人を助けることができたなんて……

「本来このあたりにコカトリス・ワイバーンなんて強力なモンスターは、出ないはずなんですけど……今後は護衛を強化する必要がありますね……」

「そうなんですか……僕も気をつけます」

確かに、コカトリス・ワイバーンといえば、並の冒険者ではなかなか倒せないようなモンスターだ。

その辺、僕はナメップと一緒にいたから麻痺（まひ）しているなぁ。

僕はそんな強力なモンスターを一人で倒せたんだ。いまだに信じられないよ……

「私はイリス・ティルトランドと申します。失礼ですが、ぜひあなたのお名前を。後日、改めてお礼をさせてください」

「お礼なんて……！　僕はそんなつもりじゃ……」

「いえ、ぜひお礼がしたいのです。あなたがいなければ、今頃どうなっていたかわかりませんから……」

そう言ってイリスさんは僕の手をぎゅっと握ってきた。

顔を近づけてきて、僕の顔をのぞいてくる。

女性に免疫のない僕は、ぼうっと顔が赤くなるのを感じた。

「ぼ、僕はアレン・ローウェンです……」

「アレンさん、素敵なお名前ですね……」

思わず、口を開けて見とれてしまう。

真っ白な肌に、薄い金髪、華奢な身体は、今にも折れてしまいそうだった。

「か、可愛い……」

無意識のうちに、声に出してそう呟いていた。

「そ、そんな……！　可愛いだなんて……」

イリスさんは案外恥ずかしがり屋なようで、すぐに顔を背けてしまった。

その様子を、メイドさんがほほえましそうに見ている。

「ふふふ……仲良くなれそうですね？　ということで、アレン様。ぜひお礼がしたいのです。イリス様のためにも……一度うちに来てください。時間のあるときで良いので」

「は、はい……！　ぜひ、行かせてもらいます……」

お礼をしたいと言われても、あまり気乗りはしなかったけれど、イリスさんにまた会えるなら、それも悪くない気がした。

彼女の家の大体の場所を教えてもらい、とりあえずその場で解散した。

周辺に来ればイリスさんの名前を出すだけでわかるはずだって言われたけど、どういうことだろう？

そして、イリスさんたちは名残惜しそうに馬車に乗って去っていった。

何度もお礼を言われて、逆にこっちが申し訳ないくらいだったよ。

そんなこんなで、僕はイリスさんたちと関わりを持つことになった。

「ふぅ……なんだか大変だったな」

一人になって、ようやくさっきまで考えていたことを思い出す。

「そうだ……！　レベルだ！」

僕はまだ、レベルがなんなのか理解していない。

つまり、なにも解決していないのだった。

そのときだった──

『ぱらららぱっぱっぱ～!!』

そんな間抜けな音楽が、どこからともなく聞こえてきた。

これは……僕の頭の中に直接鳴り響いているのか!?

『アレンのレベルが上がりました！　レベルアップだね！』

そして、続けざまにとっても可愛い女性の声が聞こえたのだ。

「えぇ……！？！？！？」

僕のレベルが上がったって……⁉

なにがそのきっかけだったんだろうか。

もしかして、さっきの人を助けたことで？

だとしても、レベルアップってなに……どうなっちゃうんだろう⁉

僕は思わず身構える。

しかし、しばらく待っていてもなにも起こらない。

「ってことは……ステータスを見ないとわからないのかなぁ？」

僕はおそるおそる、ステータスを見てみることにする。

そして、ステータスを確認した僕は、驚いてひっくり返ることになる。

「な、なんだこれえええええええええええ！？！？！？」

名前　アレン・ローウェン
職業　付与術師
男　１６歳

レベル　2
攻撃力　512
防御力　196
魔力　34
魔法耐性　154
敏捷　224
運　96

「な、なんなのコレぇ……!?」

僕のレベルが1から2に上がったことで、その他のステータスも変化していた。

でも、その変化が問題だ。

レベル1のときは付与術込みで攻撃力256だったのに、レベル2になって512になっている。

「ってことは……二倍……!?」

そう、この短時間で、僕のステータスは全部二倍になっていた。

つまり、レベルってのが上がると、ステータスが全部倍になるのか……!?

「そんなのヤバすぎるでしょ……」

だって、さっきのモンスター一体だけで、レベルが一つ上がったんだ。

しかも、ステータスが倍になっている。

この調子で上がり続けると、僕のステータスはあっという間に天文学的数値になってしまうんじゃないか!?

「そ、そんな馬鹿なことってないよね……？」

でもまだ、そうと決まったわけじゃない。

このレベルというのがなんなのか、もっと知る必要がある。

となれば、次はレベル3を目指すことにしよう。

「さっきはモンスターを倒して、人助けをした後にレベルが上がったよね？」

レベルアップの条件が、モンスター討伐(とうばつ)にあるのか、人助けのほうにあるのかはわからない。

でも、都合よく困っている人が現れるわけでもないし……とりあえずはモンスターを倒してみようか。

「ようし、レベルを上げるぞおおお！」

後から思えば、このとき僕はすでに、レベルアップの快感にやみつきになっていたのかもしれないな——

◇

とりあえず、手ごろなクエストを受けて、お金稼ぎのついでにモンスターを倒そう。

そう考えた僕は、クエストを受けてダンジョンへやってきた。

目標のモンスターは【ガーゴイル・ベアー】だ。

ガーゴイル・ベアーは岩石のような皮膚を持った巨大な怪物で、一応上級モンスターに指定されている。

前回倒したコカトリス・ワイバーンよりも上位のモンスターということになる。

さっき草原で何匹かスライムを倒したけど、全然レベルアップしなかった。

そうなると、それなりに強い敵と戦う必要がありそうだ。

「よし……！　いたぞ……！」

さっそくガーゴイル・ベアーを発見！

僕のステータスから考えて、なんとか倒せるって感じだろうか。

「えい……！」

「グオオオオオオオ!!」

ガーゴイル・ベアーの岩のような拳が飛んでくる。

――ガッ！！！！

僕はそれを剣で受け流す。拳はそのまま地面に激突した。

その隙に、ガーゴイル・ベアーの弱点である首筋を狙って攻撃！

僕は死闘の末、ガーゴイル・ベアーを討伐した。
すると――
『ぱらぱっぱっぱ～!!』
またあの音だ。
なんだかこの音を聞くと、身体がビクッとなっちゃうね。
達成感を覚えてしまう、不思議な音だ。
『アレンのレベルが上がりました！　またまたレベルアップだね！』
よし、ちゃんとレベルアップできたみたいだ。
なんだか音声のテンションが高めだけど、誰の声なんだこれは……？
まあいいか……とりあえず、ステータスを確認だ。
レベルアップしたことで、僕のステータスはどうなってしまったのだろう。

名前　アレン・ローウェン
職業　付与術師
男　１６歳
レベル　３

攻撃力　768
防御力　294
魔力　51
魔法耐性　231
敏捷　336
運　144

ステータスを確認して、僕の予想が間違っていたことに気づく。

レベル2から3に上がっても、レベル2のときのステータスが二倍になるわけではないようだ。

そうではなく、レベル1のときのステータスを基準に、三倍されるみたいだった。

つまり、レベル1のときのステータスに、今のレベルをかけた数値が、ステータスになるわけだね。

「おお……でも、このレベルってやつはすごいかも……！」

これのおかげで、ちょっとモンスターを倒すだけでステータスが上がっていく。

今までの僕だったら、まったく考えられなかったような成長っぷりだ。

でも、僕の場合だと、付与術で似たようなことはできるわけだしなぁ……

さすがに魔力を10万も費やして得た意味がないような気もする。

「まあいいや。とりあえず、このレベルってやつを上げられるだけ上げてみよう」

今の僕は、レベルを上げる快感にすっかりとりつかれていた。

モンスターを倒す。するとレベルが上がり、強くなる。

単純だけれど、僕にとってはすごいことだ。

だって今まではあれだけ冒険してきても、まったく成長できなかったんだから。

◇

「うおおおおおお！　えい！」

剣を横薙ぎに振るい、現れた敵の弱点を的確に抉る。

急所を削がれた敵は悲鳴を上げて絶命した。

「ギィヤアアアアア!!」

そんな調子で、僕は次々とモンスターを蹴散らしていった。

倒せば倒すだけ強くなるので、全然苦戦しなかった。

どんなモンスターも、このまま倒せるんじゃないかというほどに、僕は強くなっていった。

――そしてあっという間に、僕はレベル10になっていた。

そのときのステータスはこんな感じだ。

名前　アレン・ローウェン
職業　付与術師
男　16歳
レベル　10

攻撃力　2560
防御力　980
魔力　170
魔法耐性　770
敏捷　1120
運　480

「はは……！　すごい！　これはすごいぞ……！」

自分のものとは思えないほどのステータスに、僕は驚いていた。

これならナメップよりも強くなれる。

だが、問題もあった。

「でもこれって、レベル1のときのステータスに引っ張られるんだよなぁ……どうしてもバランスが悪いっていうか……魔力はあんまり伸びないし……なんとかならないかなぁ……？」

まあ、魔力は付与術を使えばまた強化できるんだろうけど……

でも、もっと効率のいいやり方がないだろうかと思ってしまう。

可能なら、レベル1のときのステータスをやり直したいくらいだ。

「ん？　待てよ……？」

そこで僕は、あることに気づいた。

「やり直すことって、できるんじゃないのか……？」

このレベルというのは、あくまで付与術によって付与されたものだ。

それは、【攻撃力強化】などで付与されたステータスと一緒だ。

僕の付与術が重ねがけされる仕様のせいで、そのことになかなか気づかなかった。

つまり、【レベル付与】を解除すれば……

思いついたからには、試してみるしかないだろう。

僕はさっそく、【レベル付与】を解除してみることにした。

いつも付与術を解除するように。

「【レベル付与】……解除……！」

すると――

僕のステータスが、このように変化した。

名前　アレン・ローウェン
職業　付与術師
男　１６歳

攻撃力　２５６
防御力　９８
魔力　１７
魔法耐性　７７
敏捷　１１２
運　４８

「おお……!?　レベル1のときのステータスに戻った……！」

もちろん、レベルの概念も一緒に消えていたけど。

とりあえず、これで元に戻れたわけだ。

「次はもっとステータスを調整してから、【レベル付与】を使おう」

どうやら、レベル1の時点のステータスが基準になるようだからね。

つまり、高いステータスの状態でレベルを付与すれば、次にレベルが上がったときの上昇幅も大きくなるってわけだ。

「じゃあ、お次はこのステータス強化も全部解除するか……！」

今の僕のステータスは、どれもステータス強化の付与術によって増加したものだ。

これを解除して、一度すべてを魔力の形に戻そう。

「【攻撃力強化（強）】解除――!!　【防御力強化（強）】解除――!!」

僕はそうやってすべてのステータス強化を解除していった。

その後のステータスがこうだ。

名前　アレン・ローウェン
職業　付与術師
男　16歳

攻撃力　22
防御力　27
魔力　12735
魔法耐性　77
敏捷　43
運　32

「お、ちょっと魔力が上がっている」

これは僕が【レベル付与】を初めて使う前のステータスとほぼ一緒だ。

違いは、魔力が少し上がっていることだけ。

ステータス強化と解除を繰り返すと、僕は魔力が上がるからね。

それを利用して、僕は魔力を10万も溜めたんだ。

またこれを繰り返して、魔力を溜めていこう。

十分に魔力を溜めてからステータスを強化し、レベル１のときのステータスを極限まで高めておく。

そして【レベル付与】を行う。

そうすることで、１レベル当たりの強化幅が最大になって、効率よく強くなれるというわけだ。

「ふふ……これは最強になっちゃうなぁ……！」

僕は今からそれが楽しみで仕方がなかった。

◇

とにかく僕は、以前のように魔力を上げまくった。

ステータスを強化しては、それを解除し……前と同じ要領でやっていく。

その結果、前に１０万の魔力を溜めたときよりも早く、１０万魔力を溜めることができた。

「おお……！　でも、まだまだ上げたいよなぁ。ちょっとその前に一回……っと」

僕はそこでいったん修業を中断した。

これ以上やるときりがないからだ。

それに、この前からのいろいろなクエストで、かなりお金も貯まってきたからね。

「これで妹がよくなるといいけど……」

僕は一度街の金融ギルドへ行って、実家へ仕送りをすることにした。

それぞれの街の金融ギルドに行ってお金を預けると、別の街の金融ギルドに送金することができるのだ。

しばらく時間がかかるから、貯めてからいっぺんに送ることにしていた。

今まではあまりお金を送れていなかったけど、今回は大量送金できるぞ。

ナメップのせいで僕の取り分はいつも少なかった。

まあ、彼曰く、出来高制ということだったみたいだけど……それならなおさら僕の手柄だよね？

「これ、ナキナ村までお願いします」

僕は受付のお姉さんに大金を支払った。

まるで大商人にでもなった気分だ。

「すごい大金ですね……どうされたんですか？」

「え……？」

「あ、いえ。こんな大金を一度に送金されるのは、珍しくて。つい」

「ああ、田舎で待っている病気の妹に、仕送りをするだけですよ。たまたま、まとまったお金が入ったもので」

「そうなんですか……！　優しいお兄さんなんですね」

「いや……はは……ありがとうございます」

受付のお姉さんと、そんな世間話をした。

「はい、承りました。ご利用ありがとうございます。またのご利用をお待ちしておりますね〜」

よし、これで安心して、また魔力を溜められるね。

そのうち一度実家にも戻りたいけど、遠いからそれはまた今度だ。

◇

いつも修業場にしている草原に戻ってきた僕は、さっそくまた魔力を溜めはじめる。

ステータスを強化し、それを解除。

それだけだとあまりにも単調だから、目についた雑魚モンスターを狩って、小銭を稼ぐ。

一日に溜められる魔力は大体５０００が限界かな。

そんなふうにして、しばらくの月日が過ぎていった。

その間僕はひたすら、魔力だけを溜め続けた。

「ふぅ……これで……どうだ……！」

一月かけて、僕は１００万もの魔力を手にした。

なぜだかこれ以上は上げることができなかった。

身体が許容する魔力の限界量に達したのだろうか。

とはいえ、これだけあれば十分すぎるほどだった。

「大賢者でもこんな魔力は持っていないだろ……」

名前　アレン・ローウェン
職業　付与術師
男　１６歳

攻撃力　　２２
防御力　　２７
魔力　　　１０００００００
魔法耐性　７７
敏捷　　　４３
運　　　　３２

「よし、じゃあ今度はこの魔力を使って……！　ステータスを強化しまくるぞぉ！」

僕が１００万もの魔力を溜めたのは、なんといってもそのためだ。

レベルが上がったときのステータスは、レベル１のときのステータスに、レベルの値をかけたものになる。

だから、レベル１の段階でのステータスがかなり重要なのだ。

「えーっと、満遍なく上げておきたいよな……」

いろいろと数値を考えて、ステータス強化を付与していく。

なんだかステータスを自在に付与して操るのは、神様にでもなったような気分で楽しい。

僕、昔からこういう細かい数字をいじくるのが好きなんだよね……。

「よし、これでいいかな……！」

魔力をステータス強化付与で、ステータスに変換していき――

最終的にこうなった。

名前　アレン・ローウェン
職業　付与術師
男　１６歳

攻撃力　7652
防御力　6980
魔力　8841
魔法耐性　7293
敏捷　6329
運　5637

「うおおおお……なんじゃこりゃ……」

結構、自分でもドン引きするレベルのステータスだ。

こんな高いステータスの人、他に見たこともない。

「よし、じゃあここに【レベル付与】をして……えい……！　【レベル付与】——!!」

僕は【レベル付与】を唱えた。

するとステータスにレベル1と表記されるようになった。

【レベル付与】にも魔力を消費するから、魔力は少し減っている。

名前　アレン・ローウェン
職業　付与術師
男　１６歳
レベル　１

攻撃力	７６５２
防御力	６９８０
魔力	７８４１
魔法耐性	７２９３
敏捷	６３２９
運	５６３７

「あれ……？　魔力が１０００も減っている……」

前に【レベル付与】をしたときは、１００しか減らなかった。

おそらく、ステータスの数値の状態によっても【レベル付与】の消費魔力は変わるんだろうな。

今回はかなりのステータスで【レベル付与】をしたからな……

その分負荷も大きかったのかもしれない。

しかもこれでまだレベル1だ。

ここからレベルが上がると、どうなるんだ……？

「えーっと……確か、前に魔力1万をステータスに変えたときって、攻撃力200とかだったよね……」

そう考えると、100万の魔力をステータスに変えるというのはすさまじいね。

もっと魔力が多くなれば……いったいどうなるんだろう……

って、そこまで強くなる必要もない気がするけど。

あのナメップでさえも、攻撃力は確か2000ほどだったはずだ。

もっとも、そのナメップの能力は、僕の付与術によるものだったわけだけど……

そういえばナメップたち、今頃どうなっているんだろう。

僕の付与術が解けて、ステータスが下がったりしているのかな？

だとしたらちょっと申し訳ないけど、愉快だ。

「ま、さすがに僕の付与術が解けても、やっていけるよね！」

ナメップたちの素のステータスがどのくらいかはわからないけど、さすがにそこまで低くはないはずだ。

今まで僕の付与術で強化されていたとはいえ、そこそこ敵も倒してきているのだ。

だからその間、少なからず成長はしているだろう。

それこそ、ナメップたちがよっぽどの才能なしじゃない限りは……

「って……もう僕には関係ないか。それよりも……！」

今の僕の頭の中にあるのは、レベル上げのことだけだった。

ステータス付与によって最強のレベル1になったわけだけど、やっぱりもっと強くなりたい。

それに、僕はもうレベルアップの快感を知ってしまったのだ。

モンスターを倒し、あの軽快な音が鳴って、レベルが上がる瞬間。

僕はなんとも言えない快感を覚えるのだ。

「よおし……！　たくさんモンスターを倒すぞおおお！」

そうすれば、もっとお金が手に入るし、仕送りだって増やせる。

今の僕は、これ以上ないくらい明るい未来を思い描いていた。

◇

それから丸一日——

「あれぇ……レベルの上がりが遅いな……」

どうしてだろうか、以前はすこしモンスターを狩れば、どんどんレベルが上がっていったというのに……

もしかして、レベル1のときのステータスによっても、レベルの上がりやすさが変わるのか!?

だって、以前レベルアップをしていたときの僕のステータスは、レベル1で攻撃力200くらいだった。

今は7000を超えているから、三十倍以上のモンスターと戦わないといけないってこと……!?

「はぁ……やっぱ強くなるって簡単じゃないんだなぁ……」

でも、今の僕のステータスなら、そのくらい楽勝だ。

正直、その辺のモンスターにはまったく苦戦しない。

普通に素手で殴っているだけで、無双できる。

「ちょっと待てよ……もしかして、倒しているモンスターが弱すぎるのか……!?」

前のレベル上げのときも、弱いモンスターより、強いモンスターを倒したほうがレベルアップしやすかった。

ということは、別にたくさんのモンスターを倒さなくても、強いモンスターを倒せば、前のように簡単にレベルアップするんじゃないのか……!?

「ちょっと怖いけど……試してみる価値はあるね……!」

僕は次の目標を定めた。

こんな初心者向けの草原や森なんかでなく、もっと危険なダンジョンに挑む必要がある。

そして、今までにないほどの強力なモンスターを倒すんだ!

そうすれば、きっとまたレベルアップできる。

「へへ……！　絶対にレベルアップしてみせるからなぁ……！」

徐々に禁断症状が出てきた気がする……

僕は知らぬ間に、もはやレベルアップがなければ生きていけない身体にされていたのだ。

4　悪循環

【Side：ナメップ】

各国の勇者代表が参加するトーナメントで、ベッカム王国の勇者パッキャローに深手を負わされた俺――ナメップは、あれからしばらくの間、治療に専念した。

ベッドの上で寝たきりになって、高熱を出した。

もちろん切られた腕も、まだ死ぬほどの痛みが続いている。

一応ここは王城で、俺は腐っても勇者だ。

だから最先端の治療が受けられた。

まあ、医師たちは俺に侮蔑（ぶべつ）の視線を向けてきたがな。

中には直接言ってきたやつもいた。

っていうか、医者や看護師たちの陰口は、全部耳に入っている。

「まったく、なんでこんな我が国の面汚（つらよご）しを治療せねばならんかね」

「本当だよ。ブレイン王に勇者として選ばれたのに、大事なセレモニーで恥をかかせるなんてねぇ」

「ポーション代や魔力だってタダじゃないんだ。大事な予算をなんでこんなガキに……」

などと、散々な言われようだった。

だが俺は、そんな屈辱も甘んじて受け入れた。

優秀な医師たちの回復魔法によって、俺の腕は元通り。

そしてほんの一週間で、完全復活をなしとげたのだ！

ベッドの上で屈辱感に浸る七日間は、まさに地獄のようだった。

「ようやく動けるようになったぜ……出端をくじかれたが、こっからがナメップ様伝説の始まりだ」

俺はなんとか自分を奮い立たせる。

だが、元気になるやいなや、王の側近であるベシュワールがやってきて、また俺を罵倒してきた。

「おいカス、ブレイン王がお呼びだ」

「っく……」

「なんだ……？　文句があるのか？」

「い、いや……」

非常に腹立たしいが、俺に反論の余地はない。

実際に俺は取り返しのつかない醜態をさらしたのだからな。

だが、ここを我慢すれば、あとはなんとかなるだろう。

俺は王のもとへ行き、跪く。

王は厳しい表情で俺を見据えながら言った。

「勇者ナメップ……いや、愚者ナメップと呼ぼうか？　お前には本当に失望したぞ」

「返す言葉もございません……」

「だが、もう一度だけ、お前にチャンスをやろう」

「本当ですか……⁉」

「ああ、今から勇者を選び直すとなれば、それこそ私の選定眼が狂っていたということになるからな。勇者を後から代えるなど、前代未聞。国の威信にかけてもするわけにはいかない。それに……お前にも相応の実力はあるはずだ。この前のは、なにかの間違いだった。そうだろう？」

「その通りでございます！　このナメップ、命に代えても汚名を返上します！　ブレイン王の寛大な処置に、心から感謝いたします……！」

「だが、次はないからな。心して挑むように」

俺の必死のアピールが功を奏したのか、王は俺を許し、再びチャンスを与えてくれた。

ベッドの中でもがき苦しんでいた治療期間中、俺はなにもしていなかったわけではない。

その間にも、あの事件の謝罪と弁解を書いた手紙を、王にあてて書きまくっていたのだ。

俺がいかに有能で、今まで努力してきたか、それから俺がどれほどこの国を愛しているか。

とにかく、俺の熱い想いが王に伝わったようでよかった。

去り際に、王の側近が俺に言ってきた。

「王はお認めになったが、私はまだお前を信用していない。まさか本当はなにもできない無能ではないだろうな？　ナメップ」

「いえ、必ずやこの国の役に立ってみせます！」

「ふん、どうだかな。言葉だけならなんとでも言える。私は目を光らせているからな」

俺は心の中で舌打ちをした。

ちっ……この側近、妙に鋭いな。

しかも用心深くて厄介だ。

まあ、いずれこいつも俺の実力で黙らせてやるさ。

◇

城を出て宿に戻り、ようやく俺たち『月蝕の騎士団』のメンバーが集結する。

「長らく待たせてしまったな。これにて完全復活だ！」

俺の宣言に、マクロが微笑む。

「おめでとうございます、ナメップさん。これで僕たちも安心です」

「ああ、ありがとう、マクロ。お前はアレンと違っていいやつだな」

そういえば、付与術師のミネルヴァがいないようだ。

まったく、あいつは俺に対して反抗的で、協調性というものがない。

せっかく俺様の回復祝いだというのに、どこに行ったんだ？

まあいい、あとでたっぷりわからせてやろう。

アレンと違って、女だからな。

反抗的でも、女というだけで許せる……いや、むしろそそるものがあるくらいだ。

「ねえナメップ。本当に王様に言わなくていいの？」

エレーナが俺に問いかける。

「なにがだ……？」

「私たちが……力を失ったこと……ステータスが初心者レベルにまで戻ってしまったことよ！」

「ふん、だから言ってるだろ。そんなの、あとからどうとでもなる」

「そ、そうかなぁ……？　なにかもっと重大なことかもしれないじゃん！」

「ステータスなんてなぁ、すぐに上がるだろうが！　ガタガタ抜かすな！」

そう、今までだって、俺たちはものすごい勢いで成長してきた。

ちょっと戦えば、すぐにステータスが上がったし、苦労なんてまったくなかった。

それは、俺たちに才能があったからだろう。

だからまた、一から鍛え直せばいいだけだ。

なに、ほんの短期間で強くなってきたんだ。

またすぐに元通りさ。

「おそらく僕たちのステータスが一時的に下がったのは、他国の勇者による策略に違いないでしょうね。卑怯なやつらです。真っ向からではナメップさんには勝てないと言っているようなものだ」

「なるほどな。マクロの言う通りかもしれん……よし、あとで国の方にも報告しておこう」

「はい、お願いします。ナメップさん」

最後に、俺は二人に念を押して伝えておく。

あのミネルヴァとかいう女が帰ってくる前に、こいつらには伝えておかなくてはな。

「いいか、お前ら。ミネルヴァにはこのことは黙っておけよ？」

「え……？　なんで？　ミネルヴァは仲間でしょ？」

納得がいかないのか、エレーナが首を捻る。

「いいから黙っておけ。あいつはどうも信用ならん。あいつのステータスが下がっているかどうか聞いたか？　あいつだけ下がってないとしたら、奇妙な話だ。もしかしたら、あいつがやったのかもしれんぞ？」

「そ、そんなぁ……考えすぎじゃない？」

「とにかく、この件は俺たち三人の秘密だ」

◇

宿にミネルヴァが帰ってきて、これからのことをみんなで話し合った。

俺たち、『月蝕の騎士団』四人全員でだ。

それから夜になって、俺は自室で一人、悶々(もんもん)としていた。

「そういえば、入院生活でいろいろと溜まっていたな……！」

俺を看護してくれた宮廷医師にも、何人か美女がいた。

どさくさに紛れて何度か尻を触ろうとしたが、そのたびにこっぴどく怒られたな。

くそ、勇者である俺に向かって侮辱的な態度ばかりとりやがって……

そういったイライラも溜まっていて、俺はそれを発散したい気分だった。

「ようし、あのミネルヴァとかいう女を寝室に呼ぼう」

俺の能力がないのがミネルヴァにバレたらおしまいだからな。

今のうちに抱いておいて、誰が上なのかをわからせてやる。

「おいミネルヴァ、ちょっと俺の部屋に来ないか？　いい夢を見せてやるよ」

俺はさっそくミネルヴァの部屋に行って、声をかける。

しかし、返ってきたのは意外な答えだった。

「はぁ……？　もしかしてそれ、私を誘っているの……？」

「ああ、そうだ。嬉しいだろう？　俺様からの夜のお誘いだ」

「はぁ……誰があなたなんかと……もしかして、頭でも湧いているのかしら？」

「な、なんだとぉ!?」

いったいこの女は何様のつもりなのだろうか。

俺様のおかげで勇者パーティという名誉にあずかれているのに、偉そうにしやがって。

「嘘だろ？　俺は勇者なんだぞ？　なんでだ！　勇者なんてみんなやりたがるだろ！」

だから俺は勇者になりたいと思ったのだ。

そうじゃなかったら、勇者なんて国の小間使いみたいな面倒くさい仕事、やりたいはずがなかった。

「は……!?」

「怖い？　冗談でしょう？　あなた、震えているわよ。怖がっているのはそっちでしょう？」

「っく……ぐぬぬぬ……お前、お、俺が怖くないのか……!?」

「いくら勇者でも、あなたとは死んでも嫌ね……」

「他国の勇者との親善試合で、情けなくぼろ負けしたあなたを、誰が恐れると言うの？」

「っく……あ、あれは……油断しただけだ……！」

「そう、まあ……実戦でそれが出ないことを願うわ。命を預け合う同じパーティメンバーとして、あれじゃあちょっと不安だもの」

なんということだ、この女は俺を完全に舐めきっていやがる……！

それもこれも、俺が謎の罠にかけられ、力を失ったせいだ。

そして、ミネルヴァがその事実を知れば、さらに俺の信頼は地に落ちる！

くそ……なんとしてもこの女を服従させなければ。

なにか弱みはないのか？

「ま、まあいい……今日は大人しく引き下がってやろう……だが、いずれ俺はお前をモノにするからな！」

「もう二度と来ないでもらえる？　できればパーティメンバーとして以外のプライベートでは関わりたくはないのだけれど……」

いずれ俺の力がもとに戻ったら、そのときは無理やり、力ずくで組み伏せてやる！

だが困ったな……俺のイライラが余計に増しただけだ。

しかたない、今日はいつも通りエレーナで我慢するか。

俺はしぶしぶ、エレーナの部屋を訪れた。

「おい、エレーナ。身体を貸せ。俺がありがたく使ってやろう」

「ナ、ナメップ……⁉　その……きょ、今日はちょっと……」

「なに⁉　お前も俺を拒むのか……⁉」

「ご、ごめんね……それに、ナメップも病み上がりだから、ゆっくりしたほうがいいよ」

「ふん！　どいつもこいつも……！」

俺は憤慨しながら宿を出た。

そして街に繰り出し、別の女を探したが……

結局その日は、誰も俺を受け入れてはくれなかった。

王都の近辺では、もう俺の醜態は噂になっていた。

ブレイン王に恥をかかせたへっぽこ勇者、それが俺への評価だった。

「くそ……！　なんとか勇者として成果をあげて、俺の威厳を取り戻す！」

◇

それから数日して、王の側近から、俺たち勇者パーティに命令が下された。

「勇者ナメップよ。お前たちには、ミルダ村の防衛と復興のミッションを与える！　ミルダ村近くに強力なモンスターの巣ができており、村人たちは大変困っているようなのだ」

王の側近ベシュワールは、俺たちにそう説明した。

まったく、新人冒険者にでもやらせればよさそうな、つまらないクエストだ。

「くそ……なんで勇者の俺がそんなこと……」

「それが勇者の仕事だ。国民の信頼の象徴となるのがつとめなのだ。それに、お前は今文句を言えるような立場ではないことを、忘れたのか……？」

「っく……しょうがねえな……」

魔王のいない平和な時代、勇者の仕事といえば、国民のために働いたり、交流をしたり、そういった国のアピールに使われるようなことばかりなのだ。

もちろん、いざとなれば魔王や強力なモンスターの対処にも当たらされる。

まったく、面倒な仕事だ。

それでも俺が勇者になりたかったのは、得られる名誉がすさまじいメリットだからだ。

だというのに、その肝心の名誉さえ、俺には与えられなかった。

すべてはあの試合での失態のせいだ。

くそ……俺のハーレム計画が台無しだ。

まあいい。

退屈なクエストだが、成功報酬として村娘の一人くらいは抱けるだろう。

田舎の平凡な女たちなんか、勇者という肩書を見せればいちころだ。

さすがに田舎の村々までは俺の噂も広まっていないと思うが……

◇

「それで、村を襲いにくるモンスターってのは、どんなやつなんだ？」

ミルダ村に着いた俺は、さっそく村長に話を聞いた。

いかにもなしょぼい田舎の村だが、村娘たちはそこそこいい感じだ。

さっきも俺のことを、羨望(せんぼう)のまなざしで見ていた。

今晩は楽しめそうだ。

「勇者様、ご説明します。この村の周りに、ゴブリンやオークの集落ができているのです」

「ゴブリン……？　オーク……？　っは、なんだ。超雑魚モンスターじゃないか」

これなら俺たちが来なくても、村の若い男だけで対処できそうなものだ。

というかそんなの、さっさとつぶしに行けばいいだろうに。

「それが、ただのオークではないのです。なにかによって強化されているのか……やつらは恐ろしく知能が高いのです」

「それでも、所詮オークだろう？　楽勝だ」

「おお……！　さすがは勇者様！　頼もしいかぎりです」

「ふん、任せておけ。一晩でやつらの集落を更地(さらち)に変えてやろう」

いくら俺のステータスが下がってしまったといっても、今更ゴブリンやオークなんかに苦戦するはずがなかった。

ステータスが低くなっても、スキルはまだ使えるはずだからな。

「よし、お前たち。さっそくやつらの集落を襲撃するぞ！」

俺はパーティメンバーに声をかけた。

これに異論を唱えたのはミネルヴァだ。

「ちょっと待って……油断するのは危険だわ。あなたは他国の勇者に負けているもの。本当に大丈夫なの？」

「はぁ!?　うるせえよ！　俺がゴブリンやオークに苦戦するわけねえだろ！」

「なにか問題を抱えているなら言ってほしいわね……後で苦労するのは私なんだけど……」

「黙れ！　俺にはなにも問題はない！　あれは本当に油断しただけなんだ！」

「その言葉……信じてもいいのよね……？」

「当たり前だ！　俺は勇者だぞ！　勇者に二言はない！」

まったく、変に勘のいい女だな。

だが決して知られるわけにはいかないのだ。

勇者である俺が、本当に力を失ったなどとなれば、そのあとは用済みとしてゴミのように捨てられる。

それだけは、絶対にごめんだった。

俺があのアレンみたいな無能と同じように、ポイ捨てにされるなんて……！

俺は勇者で、有能で、力強い男でなければならないんだ！

◇

【Side：ミネルヴァ】

私の名は、ミネルヴァ・ティマイオス。

付与術師だ。

魔術師学校を飛び級首席で卒業して、冒険者になった。

その才能が認められ、ついにあの勇者パーティとして選ばれた『月蝕の騎士団』に誘われた。

だけど——

正直、このパーティは最悪だ。

噂に聞いていたような強いパーティではなかったし、なによりリーダーの男が最悪だった。

ナメップ・ゴーマン。

彼は私が今までに出会った中で、最も不快な人物といっていい。

まず体臭が最悪だし、舐めるような視線が気持ち悪い。

最悪の、最底辺の男だ。

勇者じゃなければ、一瞬たりとも隣にいたくもないほどに、嫌悪感を覚える。

たぶんそれは、私だけでなく、彼を知る女性全員が同じ意見だろう。

しかも彼は性格までもが汚れていた。

私のことを無理やり、下品な言葉遣いで誘ってくるし、吐き気がする。

戦闘中の不始末はすべて私のせいにして、自分はなんの努力もしようとしない。

私に対してだけではなく、彼の行動はすべてが最低だ。

お城の使用人や、街の人、パーティメンバーのエレーナに対してさえ、傲慢で独善的な態度をとる。

私の前にいた別の付与術師は追放されたらしいけれど、その人のことをうらやましく思ってしまう。

できることなら私も、今すぐにでもこのパーティを抜け出したかった。

だけど、私にはどうしても勇者パーティにいなければならない理由がある。

私には病気の父がいる。

父の病気を治すためには、国の協力が絶対に必要なのだ。

そのくらい、父の病気は珍しく、治療法も見つからなかった。

私がたくさん付与術や魔術を勉強したのは、父のためでもある。

なんとしても有名になって、お金を稼いで、力を得て……そして国の医師団に働きかけられるほどにならなければならない。

そのためなら、なんとかナメップを我慢できる。

だけど、正直そろそろうんざりしてきているのも事実だ。

「はぁ……どこかに今の私を救い出してくれるような、素敵な人はいないかな……」

私はいつもそうだった。

いつも運命の人を待っている。

病気の父の看病につきっきりだったせいもあって、恋なんてしたこともなかった。

なんで自分だけこんな境遇なのかと、運命を呪ったこともある。

本当は私も、自分のためだけに生きて、好きな男の子と遊んだりもしたかった。

だけど私の恋愛観といえば、いまだに子供のころに読んだ絵本の、白馬の王子様で止まっている。

「白馬の王子様……現れないかなぁ……」

そんなおとぎ話みたいなことを言っているから、今まで彼氏もできたことがないと、からかわれるのだけれど……

だけど私は、そんな空想に縋ることしかできない。

現実は愚鈍な勇者と旅をしているという、最悪な状況なのだから——

【Side：ナメップ】

ミルダ村の防衛と復興を命じられた俺——ナメップは、『月蝕の騎士団』のメンバーとともに、さっそくオークの集落を襲撃する。

ところが……

どういうことだ!?　俺の渾身の攻撃が、何度も弾かれてしまう。

しかも、オークやゴブリンのへなちょこな攻撃が、ものすごい痛みを伴って俺に伝わる。

「くそ……！　なんで俺がこんな雑魚どもに苦戦しなきゃならねえんだ！」

さすがにステータスが下がった影響はあるだろうが、それにしてもだ。

俺のステータスなんか、前は戦っている途中でもぐんぐん上がっていた。

だからきっとすぐに元通りになると思っていたのだが……

なぜだろうか、さっきから一向に強くなってなどいなかった。

まさか、俺にかけられた呪いは、ただステータスを下げるだけのものじゃなかったのか……⁉

くそぉ……！

俺はこの先ずっと、才能を奪われたままなのか……⁉

いったい誰が、なんの目的で、俺の才能を奪ったというのだ！

醜い無能どもの嫉妬を買ってしまったようだ。

「くそおおおお！　うりゃあああああああ‼」

俺は怒りに任せて、ゴブリンたちの群れに突撃する。

しかし、あろうことか反撃をうけてしまう。

ゴブリンは俺の剣を弾くと、こん棒で殴りかかってきた。

「うわぁ……⁉」

――キン！

そこをすかさず助けてくれたのはミネルヴァだ。

ミネルヴァの剣がゴブリンの攻撃を弾く。

「もう……！　なにを考えているの……⁉　やみくもな突撃は命取りよ」

「うるせえ！　わかってんだよ！　くそ……俺は本調子じゃないんだ。病み上がりだからな」

「言い訳はいい。それなら下がっていて……！」

「っく……生意気な女だ……」

なぜだろうか、へなちょこな付与術師であるはずのミネルヴァが、俺よりも活躍している。

まさか本当にミネルヴァのせいじゃないだろうな……⁉

あいつが勇者パーティを乗っ取ろうと、俺に呪いをかけたのかもしれん。

付与術が使えるなら、その逆でステータスを奪う呪術も可能かもしれないからな。

「おい、ミネルヴァ！　お前、さっきから自分にばかり付与をかけているんじゃないだろうな……⁉」

「はぁ……⁉　なに言ってるの？　私は付与なんて自分には……」

「じゃあ、なんで俺はこんなに苦戦する！」

「それは単純にあなたが弱いからじゃないの……？」

「なんだとぉ……⁉」

確かに俺のステータスは下がっているが、まさか付与術師にまで馬鹿にされるなんて……

めちゃくちゃ腹が立つ。

いったいなんなんだ、この女は。

絶対に俺は悪くない。

そうだ、こいつが俺に付与をちゃんとしてないからだ！

「おい、ミネルヴァ！　お前の付与術がへぼいからじゃねえのか！　もっと力出せよ、カス」

「ふざけないで！　私はちゃんとしている。あなたたちが弱いだけじゃないの？　それでも勇者なの？」

「なんだとぉおおお、このくそ女……‼　殺す……！！！！」

「殺すなら私じゃなくてゴブリンにしてくれる……？」

「うるせえええええええ‼」

俺は怒りにまかせて再びゴブリンたちに挑みかかる。

まったく……俺は一生懸命やっているのに、ミネルヴァのせいだ。

すべてこいつが無能なせいで、俺は苦戦を強いられる。

やっぱり付与術師ってやつは、みんなアレンと一緒で他人頼りな弱っちい馬鹿どもだな。

「っく……もうダメ……！　このままじゃやられるわ……！」

呪文の詠唱を続けるミネルヴァが顔をしかめた。

「ふん、無能だなぁ！　やっぱりお前も口だけか」

「私はあなたより倒してる」

「うるせえ！　カス！　とりあえずいったん下がるぞ……！」

俺たちは苦戦しながらも、なんとか必死にゴブリンたちを抑え込んだ。

まあ全部、俺の必死の戦いによるものだな……

ミネルヴァはなんか知らんがいろいろ呪文を唱えていただけで、なんの役にも立っていないようだ。

俺は途中からだんだん力が湧いてきて、少しは活躍できた。

まあ、俺の才能は呪術なんかでは抑えきれないということだな。

「くそ……だけど……このままじゃジリ貧だな……！」

「だからそう言ってるじゃない……！」

「う⁉　うわあああああああ……！！！！」

「ナメップ……⁉」

油断した隙に、俺はオークに腕を折られてしまった。

くそ……このままじゃまずい。

「逃げるぞ……！」

「あ、ちょっと待って……！　ナメップ！　どこに行くの⁉」

俺を引き留めるミネルヴァの声を振り切って、俺は村に向かって走った。

このままだと俺は死んでしまう。

それだけはごめんだからな。

エレーナとマクロも、下がりつつ逃げる俺を支援してくれる。

「って……うわあああああ！　ゴブリンがついてきやがる……！」

「当然です。彼らの巣を攻撃したのは僕たちですから。逃げればそりゃあ、追ってきますよ」

マクロが冷静に解説しているが……そんな場合ではない……！

このままでは、やつらが村にまでやってきて、甚大(じんだい)な被害が出るぞ……！

「もう……！　なんとか私が食い止める……！」

ミネルヴァが前に出て、なにやら呪文を唱えた。

ふん、せいぜい俺が逃げるまでの盾になってくれよな……！

俺はなんとか村に逃げ帰り、治療を受けることができた。

そのおかげで、大事には至らなかった。

だがそのすぐあとに、ゴブリンたちが村を襲撃して……

村は大惨事になった。

「おいどうなっているんだ。あんた勇者じゃないのか⁉」

「この勇者逃げてきやがったぞ！　腰抜けめ！」

「うわあああああ⁉　勇者のせいでゴブリンが村に……！」

村人たちは俺を罵倒しながら逃げ惑った。

くそ……なんで俺のせいにされなきゃいけねえ⁉

「なんとかしろよ、あんた勇者なんだろ！」

「うるせえ！　俺はせいいっぱいやってんだよ！」

まったく、どいつもこいつも、うっとうしいやつらだ。

◇

そのあと、ミネルヴァとマクロが魔法でなんとかゴブリンたちを食い止めた。

なぜだ……⁉　マクロがここまで戦えるとは思わなかった。

マクロ一人で次々にゴブリンを倒している。

そしてミネルヴァが魔法で王国に報告し、増援を呼んだ。

増援としてやってきたのは、なんと俺を模擬戦で打ち負かした、他国の勇者だった。

確か……グシャキャバ・パッキャローとかいうふざけた名前のやつだったか。

瞬(またた)く間にゴブリンたちを撃退してみせたパッキャローが、ニヤニヤしながら近づいてくる。

「はっはっは！　また君か！　見事に醜態をさらしているねぇ！　おかげで俺の評判はうなぎ登りだよ！」

「っく……なぜ貴様がこんなところに……！」

もはや二度と見たくない顔だった。

パッキャローめ……

やつは金髪をぐしゃぐしゃにセットした、いけ好かないキザ野郎だ。

まさか俺の一番助けられたくない相手に助けられるとはな……

「またまた大失敗だ！　もうブレイン王には顔向けできないだろう？　打ち首も確定かなぁ？　どうだ？　今すぐここで俺が殺してやろうか……？」

「っく……！　うるせえ！　死ね……！」

まったく、どこまでもイラつく野郎だ。

本来であれば、今頃俺が村娘たちにチヤホヤされていたはずなのに……

なぜかわからないが、パッキャローの周りには村娘たちが集まっていた。

くそ……！　くそ……！　くそ……！

なんでこんなヘンテコな名前のやつに、俺が負けなきゃならねえんだ！

屈辱に浸る俺に、さらなる追い打ちがかかる。

パッキャローと共にやってきた、王の側近ベシュワール。

俺のもとへ歩み寄り、神妙な顔つきの彼が言う。

「ナメップ……非常に残念だよ」

「はぁ……？」

「王は〝二度目はない〟とおっしゃったな？　その言葉、忘れたとは言わせんぞ」

「っく……」

やばい、ベシュワールのこの目は本気だ。

俺はこのままだと……確実に捕らえられ、殺される！

「無能なナメップ。せめて最期に役に立ってくれたまえ。無様(ぶざま)をさらし、国民の怒りは頂点に達している。君を公開処刑すれば、せめてもの娯楽(ごらく)になるだろう」

「いやだ……！　いやだ……！」

俺は今すぐその場から逃げ出したかった。

もう勇者であったことなど忘れ、普通の人に戻りたい。

ああ……なんで俺は勇者になってモテモテになるなんて、くだらないことを考えてしまったんだ！

最初から大人しくエレーナだけで我慢していれば、こうはならなかったのに。

「うわあああああああ!!」

気が付いたときには、俺はその場から逃げ出していた。

しかし、すぐにベシュワールが連れてきた兵士たちに囲まれる。

「逃がすな……！」

俺はあっという間に捕らえられ、手枷をはめられてしまった。

そして人間以下の扱いを受ける。

手枷を馬に結ばれ、荷物のように引きずられ、連行される。

連れていかれるとき、最後に目に入ってきたのは、俺を見るみんなの顔だった。

失望感に浸る村人たちの表情。

俺をあざけるパッキャローの顔。

俺に怒りを向けるベシュワールの姿。

村人たちは怪我をした仲間の恨みがあるのか、直接罵声を飛ばしてきた。

ほかにも唾や石まで飛んできやがった。

「クソ勇者め！　お前は処刑されろ！」

「二度とこの村に足を踏み入れるんじゃないよ！　この悪魔め！」

「あんたがゴブリンを連れてきたせいで、うちはボロボロさ！」

くそが……！

村人のくせに、勇者になんて仕打ちだ。

その中で誰より俺を憐れみ、蔑んだ顔で見ていたのは……ミネルヴァだった。

彼女は心底うんざりして、俺を軽蔑していた。

そしてどこか、解放されたような安堵感にも包まれていた様子だ。

驚いたことに、エレーナは俺から目をそらしていた。

まるで俺をなかったことにするかのように、俺を避けていたのだ。

そういえば……最近エレーナは俺に冷たかったな……

俺が、力を失ったからなのか……⁉

エレーナは、強い俺が好きだと言っていた……あれは嘘だったのか……⁉

「エレーナアアアアアアアアアア‼」

叫ぶ俺の声は、彼女にもう届かない。

そしてマクロも、俺を哀れむような顔で見送った。

だが、俺が引きずられて、彼らの顔が見えなくなる寸前……俺は見逃さなかった。

普段は冷静沈着で、俺を持ち上げることしか言わなかった、あのおとなしいマクロが——

なんと、ニヤリと笑っていたのだ。

俺を馬鹿にするような表情で、なぜかこの状況を楽しんでいるみたいな……

まさかアイツ……俺がこうなったことを、喜んでいやがるのか……⁉

そりゃあそうだ。

俺が処刑されれば、次の勇者候補は同じパーティ内のマクロになる。

あくまでミスをしたのは俺であり、やつらは関係ないのだから。

あの野郎、俺にニコニコ媚びを売りながら、裏ではなにか企んでいやがったのか！

「くそおおおお！　マクロオオオオオオオオオ！！！　殺す！！！！」

◇

その後俺は馬に二時間引きずられ、ケツが死ぬほど血だらけになった。

もう二度とトイレに座れないほど、ひどい状態だ。

どうせこの後死ぬのだからと、治療もしてもらえない。

俺はケツが血まみれのまま、牢獄に入れられた。

そしてあとは、処刑を待つのみであった――

5　追放された付与術師

【Side：マクロ】

……っくっはっはっはっはっは‼
ついにやったぞ……‼
僕の名前はマクロ・クロフォード。
味方を回復させたり、魔法で戦ったりする賢者だ。
今まで僕は、勇者パーティに所属して、必死にナメップの圧政に耐えた。
彼がなにを口にしても、必死に持ち上げて、耐え続けたのだ。
「それも今日で終わり……っくっくっく……」
これまでナメップはことごとく失敗し続けた。
それはもちろん、彼自身の怠慢（たいまん）による自業自得（じごうじとく）だ。
だが彼がそうなるように誘導していたのは、僕なのだ。

まず、付与術師のアレン。

彼を追放させるように、僕が仕向けた。

ナメップと出会ったときについてきたお荷物だ。

本当はそこそこまともな付与術師だったようだが、そんなやつは僕の計画に邪魔だ。

あいつは天性のお人よしだからな。

僕の計画を知れば邪魔するだろうし、雑魚なうちに追放できてよかった。

今頃は一人で孤独に底辺冒険者をやっているはずだ。

まあ、あんな雑魚は自分に付与をかけたところでどうにもならないだろうし、このまま二度と会うこともないだろう。

彼には自分に付与術を使っても意味がないと教え、納得させていた。

そのおかげで、誰もアレンの有能さには気づかなかったようだ。

アレンも自分に付与術をかけられないせいで戦闘には加われず、全然成長できないでいたからな。

まったく騙(だま)されやすい馬鹿なやつだ。

ナメップたちのステータスが急に下がったのは、おそらくアレンの仕業(しわざ)だろうと、僕はにらんでいる。

彼はナメップへの復讐(ふくしゅう)のために、なにか怪しげな呪術を使ったに違いない。

まったく、愚かな悪あがきだよ……

僕には効かないのだからね。

実を言うと、僕はステータスが下がってなんかいない。

ナメップに話を合わせて、嘘をついていたのだ。

そもそも僕は自分にバフ・デバフ全無効の結界を張ってある。

だからそもそも、最初からアレンの付与術の影響下にないのだ。

まあ、そこはばれないように、ステータスは隠していたからね。

「さあて、ナメップはいなくなった。これでこのパーティは僕のものだ」

「そうね……！　さすがマクロだわ……！」

僕に腕を絡ませて抱き着いてくるのは、エレーナ・フォイル。

もともとはナメップの女だったが、彼の療養中に寝取ってやったのだ。

エレーナは強い男が大好きな、長い物には巻かれろを地で行く女だ。

だから僕の頭脳と力を見せつければ、すぐに乗り換えてくれた。

ナメップもエレーナも、ステータスを失って、もう元には戻れないからな。

エレーナがナメップを見捨てるのも当然だ。

あんな男、強さがなければ本当にただの性格の悪いカスでしかない。

同じく力を失ったエレーナが、僕を頼りにするのは当たり前で、とても合理的な判断だ。

僕には強さだけでなく、知性もある。

そして……王の側近であるベシュワールの信頼も得た。

「ナメップの代わりに、マクロさん。臨時で勇者の仕事を頼めますか？」

「もちろんです、ベシュワール殿。臨時とは言わず、いくらでも」

「ははは……それはまた、王の口から正式に……」

ナメップが寝込んでいる間、僕は足しげくベシュワールのもとに通ったものだ。

それが功を奏し、僕は次期勇者へと取り立てられた。

これでまた一歩、僕の野望に近づいたな。

◇

ミルダ村を後にした僕たちは、王都の宿に帰還する。

ナメップは牢屋に送られたはずだ。

今から処刑の日が楽しみだ。

「さて……君はどうする……?」

僕は残ったミネルヴァに問いかける。

彼女はこの一件のすべてを見ている。

おそらくだが、僕がナメップをハメたことも気が付いているだろう。

まあ、このままパーティに入れておいてやってもいいが、少しの不安材料だ。

見た目は抜群にいい女だから、まあ僕に従うなら生かしておいてやろう。

「あなたがナメップを陥れたのね……?」

「ああ、そうだが。それがどうだというんだ？　あんなやつ、勇者である資格はないだろ」

「それには同意するけど……でもあなただって同じようなものだわ。自分が勇者になるために仲間を売るなんて……」

「ふん。仲間？　あんなやつを仲間と思ったことないね。ただ勇者に成り代わるために利用しただけさ」

「最低ね……」

「なんとでも言ってくれていいよ。それで……君はこれからどうするんだ？」

ミネルヴァは少し悩んだ後、こう答えた。

「別にあなたがどんな人間でも構わない。もともとナメップが勇者だったわけだしね。私にとっては勇者パーティの一員でいるのが目的だもの……だから、特にあなたが勇者であることに異論はないわ」

「そうか、ならよかった。僕も歓迎するよ。君のような強くて美しい女性は貴重だからね」

ようやくナメップもアレンもいない、僕だけのハーレムパーティが完成しようとしている。

僕はいつも勉強ばかりで鬱屈（うっくつ）とした人生を送ってきた。

これから僕の人生に対する復讐が始まるんだ！

「じゃあさっそく、服を脱いで僕に奉仕してもらおうか？」

「はぁ……？」

「できないの？　エレーナはしたがってたよ？」

「誰があなたなんかと……それだけは絶対に嫌」

ミネルヴァはゴミを見るような目で僕を見てきた。

その視線は、僕には我慢ならなかった。

「はぁ……？　僕の言うことが聞けないの？　勇者なのに？」

「当たり前でしょ……」

「くっ……！　僕はこんなに強いのに！　力があるのに！　なんでなんだ……！」

「あなたなんかに魅力を感じないからよ！　そんなこともわからないの？」

意味がわからなかった。

僕は今までずっと女の子に相手にされてこなかった。

だけど今の僕は権力も力も手にしている。

エレーナだって僕を選んでくれたんだ。

それに、きっと他の女の子たちだって、僕を選んでくれるだろう。

ナメップみたいなへまはしていないし、勇者である僕はモテモテになるはずなんだ！

そう、僕が勇者になりたかったのは、女の子を好き勝手にしたいからという理由もあった。

今までの僕は大人しい性格で、ナメップみたいなやつにこびへつらって生きてきたけど、本当は強くて傲慢で、男らしくて乱暴な、そんな男に憧(あこが)れていたんだ。

だってそうだろ⁉

この世の中は力で押さえつけて、上に立った者が勝者なんだ。

そのために僕は力をこっそり蓄えて、自分を解放したんだ！

それを邪魔しようとするやつは、いらない！

「うるさいなぁ！　僕に従えよ！　僕に従えないなら、君はいらない！」

「え……⁉　ちょっと……どうしたの……⁉」

「いらないんだよ、僕に従順なしもべ以外はねぇ！　なんのために勇者になったと思ってんだよ！」

確かにミネルヴァは可愛い。

だけどこんな生意気な女、わざわざそばに置いておく必要もない。

ほかにいくらでも、綺麗(きれい)な女が寄ってくるのだから。

だったら、もう必要ない。

僕の言うことを聞かなかったり、他の男にとられたりするのだったら、いっそ死んでしまえばいいんだ。

そうだ、これは今まで僕を振ってきた女たちへの復讐だ！

「な、ならパーティを抜けるわ……仲間を売るような人とはこれ以上一緒にいたくないしね……」

「……抜ける？　笑わせないでくれ。そんな都合のいい話はないよ」

「は……？」

僕はミネルヴァに向けて、手をかざした。

「そうだな。君も追放してあげるよ。アレンのようにさ」

「ど、どういうこと……？」

「消えてもらうよ！　【強制転移（フォースドテレポート）】――!!」

「きゃあ……っ!?」

僕は隠しておいた秘儀魔法を唱えた。

人間を強制的に別の場所へと飛ばす魔法だ。

ミネルヴァはいろいろと知りすぎたからねぇ。

僕に従えないのなら、消えてもらうしかない。

飛ばす場所はもちろん、危険なAランクダンジョンの最奥（さいおう）だ――！

◇

再配分したステータスで【レベル付与】をかけ直した僕――アレンは、もっと上位のクエストを受けるため、冒険者ギルドへとやってきた。

ここ最近は、ずっと冒険者ギルドと草原と、宿を行ったり来たりしているなぁ。

そのせいで、受付のお姉さんにもすっかり顔と名前を覚えられていた。

「あの、このクエストを受けたいんですけど」

僕は一枚のクエストシートを掲示板からもぎ取って、受付に提出する。

受付のお姉さんは、それを見て、とても気まずそうな顔をした。

「うーん、アレンくん……？　これって、Aランクのクエストなんだけど……わかってる？」

申し訳なさそうに、そして少しの憐れみを含みながら、お姉さんは僕を見た。

まあ、そうだよね。

つい最近までスライム狩りをしていた僕が、急にこんなクエストを持ってきたら、驚くのも当然だ。

だけどちょっと、お姉さんは僕のことを弱い冒険者だって思い込みすぎな気もする。

一応、僕があの勇者パーティにいたことは、知っているはずなのに。

「わかっていますよ。僕は今から、ドラゴンを倒しにいくんです！」

「えーっと……ごめんね？　アレンくんじゃ、ちょっと危険すぎるかなぁ……って思うんだけど……」

「大丈夫ですよ！　僕だってそのくらい！」

「わ、私も別にアレンくんを見くびっているわけじゃないんだけどね？　その……心配なだけだから！　ちょっとこれは受付の立場としては、許可できないかなぁって……思うんだけど……」

うーん、困ったなぁ。

まさか受付のお姉さんに止められるとは。

基本的に、冒険者がクエストを受けるとなれば、受付のお姉のチェックが入るものだ。

それでも、ナメップたちとパーティを組んでいたから、一応僕もAランクの資格を持っている。

まあ、ソロでAランクを受けたことは当然、ないんだけれど。

受付のお姉さんが心配してくれるのは嬉しいとはいえ、これじゃあレベル上げができない。

受付カウンターで、そんなやり取りをしていると……

いつのまにか、後ろに軽い列ができていた。

そして列の後方から、他の冒険者が文句を言ってくる。

「おいおい、いつまで待たせんだよ！　こっちはさっさとクエストに出発してえんだが？」

「す、すみません……今アレンくんがソロでAランクを受けると言って、それを引き留めているんです……」

受付のお姉さんが後ろの冒険者にそう説明した。

って……なにもそこまで細かく言わなくてもいいのに……

それを聞いた冒険者は、僕のそばまでやってきて、大きな声で嘲り笑った。

「きゃっはっは！　このチビがソロでAランクだって……!?　なんの冗談だよ。おいおい、死ぬだけだから、そんなのやめときなって！」

「待たせてしまったのは謝ります！　で、でも……僕はどうしてもこのクエストが受けたいんです！」

「うるせえなぁ！　お前のせいでこっちは待たされてイライラしてんだよ！　この身の程知らずめが！　お前みたいなゴミクズ毛虫が、どうやってドラゴンなんか倒せるんだよ！　死ね！」

冒険者さんは、僕のことを突き飛ばそうとして、思い切り押してきた。

――ドン！

そういえば、追放されるときにも、ナメップにこうやって暴力を振るわれたっけ……

あのときはなすすべもなく、僕はよろけるだけだったけど、今は違う。

「な……!? 倒……れないだと……!? うお……!?」

――ドシーン！

倒れたのは、僕を押してきた冒険者のほうだった。

彼は派手なしりもちをついた。

そして周りのみんなが、あまりの出来事に笑い始める。

冒険者は顔を赤らめながら、さらに僕に突っかかってくる。

「て、てめえ！ なにをしやがった……！」

「僕はなにもしていませんけど……」

「う、嘘をつけ！ お、俺様はAランク冒険者なんだぞ……!?」

なにもしていない、というのは本当だ。

僕はただ、その場に立っていただけだ。

あまりにもステータスが違いすぎるせいで、僕を押した彼のほうが、逆に倒れてしまったのだろう。

正直、今の僕からすれば、押されたという感覚もないくらいだった。

「あの……大丈夫ですか？ その、受付を待たせてしまったのは、本当に謝ります。けど……ギルド内で騒ぎになると迷惑がかかりますので……暴力はやめましょう」

僕は倒れている冒険者に、手を差し出してそう言った。

あまりギルド内で揉めたくはない。

「ひ、ひぃ……！　ば、化け物……！」

倒れているから手を差し伸べただけなのに……彼は顔を引きつらせた。

「えぇ……化け物だなんて……心外だなぁ……」

元はと言えば、僕が受付のお姉さんを説得できなかったせいで、彼が突っかかってきたんだからね。

僕としては、丸く収めたいから、普通に自分が後回しとかでもかまわない。

申し訳なさもあって、僕はただ単純に、彼が起き上がる助けをしたかっただけだ。

それなのに……

「な、なんなんだよお前！　その力ぁ……！　お、俺に近寄るなあああああ!!」

僕が笑顔で近づいただけで、彼はその場で失神してしまった。

なんでだ……本当になんでなんだ……

あまりにステータスに差が大きいと、ちょっといざこざを起こしただけでこうなるのかな？

別に僕は威圧なんてしていたわけじゃないんだけど……

失神までするなんて、本当に気の毒だ。

「あのー……お姉さん。この人、医務室に運んでもいいですか？　それと、なんだか多くの人を待たせてしまっているみたいなので……僕は後回しでいいです……」

「ア、アレンくん……!?　だ、大丈夫なの……!?」

「え……？　ぼ、僕は大丈夫ですけど……？」

「そ、その……今のアレンくん、なんだかすごい迫力よ……!?」

「えぇ……!?　そうですか……!?」

知らない間に、魔力が身体から漏れていたみたいで、受付のお姉さんはまるでまぶしい太陽を見るようにして、僕を避けている。

ちょっとこれは……ステータスの上げすぎも考えものだなぁ。

なんとかコントロールできるようにならなくちゃ。

倒れてしまった冒険者を医務室に運んだあと、僕は改めて受付のお姉さんのところへ。

クエストをもう一度、提出する。

「あの……お姉さん、どうしても駄目ですか……？」

「いいですよ」

「えぇ……!?　あれほどダメって言ってたのに！」

「だって、さっきのアレンくんを見たら……大丈夫だって思っちゃうわよ。なにがあったのかは知らないけど……まさかAランク冒険者を威圧するだけで失神させてしまうなんてね」

「ぼ、僕は別に威圧なんてしていませんよ……！」

「とにかく、どうやって強くなったのか知らないけど、くれぐれも気を付けてね！」

「は、はい！」

というわけで、僕はなんとかドラゴン討伐のクエストを受けることができたのだった。

◇

【Side：ミネルヴァ】

「消えてもらうよ！　【強制転移】――!!」

そう言って、目の前の卑劣な男は私に魔法を撃ってきた。

マクロ・クロフォード、私利私欲のために勇者の座を奪った、下衆な男だ。

私は確かに勇者パーティにいて、やらなくちゃいけないことがある。

王様となんとかつながりを持って、父の病気を治してもらわなくちゃならない。

だけど……だからといって、こんな男に抱かれるなんて、絶対にごめんだった。

彼は私が拒んだ途端、性格が豹変したようだった……。

いや、あれが本来の彼なのだろう。

抵抗した私を亡き者にしようと、マクロが撃ってきた魔法は、転移魔法だった。

「きゃぁ……っ!?」

強制的にどこかへ飛ばされ、私はしりもちをつく。

「いてて……ここ……どこ……？」

見渡すと、どこか暗いダンジョンの中のようだった。

「ガルルルルル……」

――ジュル……

私の頭上から、なにやら生温（なまぬる）い液体が垂れてくる。

「え………？」

見上げると、そこにいたのはドラゴンだった。

「ド、ドラゴン………⁉」

それは、Aランクのモンスターの中でも最上位に位置する魔物だった。

Aランクパーティの前衛職でさえ、ソロでは倒せるかどうかもわからないような、危険なモンスターだ。

もちろん、後衛職である私が単身で倒せるはずがなかった。

付与術師というのはあくまでサポート職。

ソロでドラゴンなんてものを倒せる付与術師は、この世に存在しない。

「に、逃げなきゃ……」

恐怖より先に、逃げることを考えた。

「ガルルルルル……‼」

ドラゴンは私を追って、ダンジョン内を走ってくる。

巨体のせいもあって、ダンジョン内では窮屈（きゅうくつ）そうだ。

私はダンジョン内にできた岩の隙間などを通って、うまく逃げようと必死だった。

しかし、ドラゴンを一度まいても、どこからともなく追いついてくる。

「いや……こんなところで死にたくなんかない……!」

走りながら、私は今にもあきらめてしまいそうだった。

思えば、ここまで散々な目にあっている。

ようやく勇者パーティに入れたと思ったら、そのメンバーはろくなやつらじゃなかったし……

ナメップのせいで王様からのクエストは失敗し、多くの怪我人を出してしまった。

やっとナメップがいなくなったと思えば、今度はマクロが本性を現して、私にひどいことをしようとしてきた。

どいつもこいつも、本当に嫌になる……

このまま私は死んでしまうのだろうか。

いや、いっそその方が楽なのかもしれない。

「ううん、ダメだ……!　私は父さんを救うんだ……!」

そう自分に言い聞かせながら、私は走った——

だけど、ダンジョンの壁に追い詰められてしまう。

ドラゴンはすぐそこまで迫っていて、今にも気づかれそうだ。

「うう……ここまでなの……?」

なんだか踏んだり蹴ったりで、泣けてきた。

私がなにをしたというんだろうか。

ただ必死に、父を助けたい一心で努力してきただけなのに。

誰かを頼ろうとしても、私のまわりに現れたのは、ろくでもない男ばかりだった。

助けてくれる人なんていなかった。

いても、対価として身体を求めようとしてくるクズばかりだ。

白馬の王子様がやってきて、助けてくれるなんていうのは、夢物語なんだと、本当に思い知った。

だけど、ちょっとくらい……最期くらい、良いことがあってもいいはずだ。

それを望んでもいいはずだ。

これまで散々だったんだから、最期くらい――

「うう……誰か助けてよ……！」

私は誰にでもなく、そう叫んでいた。

しかしその叫び声は、無人のダンジョンに響き渡るだけだった。

「ガルルルルル……」

それどころか、ドラゴンを自らおびきよせてしまっていた。

私はいよいよ覚悟を決めた。

目をぎゅっと瞑(つぶ)って、あとは祈ることしかできない。

「神様――!!」

そのときだった――

「大丈夫ですか……!?」

◇

ギルドでドラゴン討伐のクエストを受けた僕は、危険なA級ダンジョンへとやってきていた。

さすがに徒歩では遠かったので、街で馬を借りた。

ちなみに、他の馬は貸出中らしく、僕が借りたのは白い綺麗な馬だ。

「A級ダンジョンなんて、なんだか緊張するな……本当に僕一人で大丈夫か？」

ナメップたちのパーティにいたころに、何度か来ている。

しかし、僕一人でA級ダンジョンに来ることになるなんて……

一度、ナメップたちに置いて行かれかけたけど、あのころの彼なんかより、今の僕ははるかにステータスが高い。

そう苦戦するようなことにはならないだろう。

「きゃああああああああああ!!」

「…………!?」

突然、女性の悲鳴が、ダンジョンの奥から聞こえてきた。

それとともに、大きな足音もやってくる。

「誰かあぁ！　助けてぇ……！」

声を頼りに駆けつけてみると――

そこには今にもドラゴンに食べられてしまいそうな女性がいた。

彼女は壁際に追い詰められて、逃げることもできずに祈りを捧げている。

「助けなきゃ……！」

僕はとっさに、ドラゴンに向かって走り出していた。

ドラゴンの強さなんか気にせずに、無我夢中で剣を抜く――！

「えい……！」

――ズシャアアアアア!!

僕の攻撃力は７６５２。

いくらドラゴンが強くて、硬い鱗を持っていたとしても、簡単に斬り裂くことができるはずだ。

ドラゴンの首はまるで朽ちかけた家の柱みたいに真っ二つになり、重力に身を任せて落下した。

自分が斬られたと気づく間もなく、ドラゴンは一瞬で絶命する。

「だ、大丈夫ですか……!?」

そこにいたのは、透き通るような真っ白な肌の美少女だった。

整いすぎた顔立ちは少しクールにも見える。

美男美女で有名なエルフだと言われれば、疑いもしないだろう。

僕は思わず数秒見とれてしまった。

「おっと……あの、立てますか？」

僕はおびえて目を瞑ったままの女性に急いで駆け寄る。

僕がそっと手を差し伸べると、女性はようやく安心した表情を見せた。

「あ、あなたは……」

「僕はアレンです。アレン・ローウェン」

「わ、私はミネルヴァ・ティマイオス……付与術師よ。その……助けてくれて、ありがとう」

「いえいえ、たまたまですよ」

ミネルヴァさんはまだ助けられたことに現実味がないのか、ぼーっと放心している。

まあ、突然僕がやってきて、一瞬でドラゴンを倒しちゃったから、そうなるのも仕方ない。

「大丈夫ですか……？　立てますか？」

「う、うん……ありがとう」

ミネルヴァさんは僕の手をつかんで立ち上がる。

恐怖のあまり腰が抜けてしまっていたみたいだ。

彼女の手は冷たいけれど、小さくて可愛かった。

僕は女性の手を握るなんて慣れてないから、少し照れる。

「はぁ……死ぬかと思った」

「ミネルヴァさんは、なんでこんなところに一人で……？」

ドラゴンが出るAランクダンジョンに、女性一人でなんて珍しい。

それに、どうやら彼女も僕と同じ付与術師のようだ。

だから、なおさら一人でいるなんておかしい。

なにかただならぬ事情があるのではないかと、邪推してしまう。

「それが……その……話すと長いのだけれど……」

ミネルヴァさんはかいつまんで説明をしてくれた。

ようは仲間ともめごとがあって、陥れられたようなのだ。

「ってことは……パーティから追放されたんですね……だったら、僕と同じだ」

「そう、あなたも……って……え……!?」

ミネルヴァさんは突然、なにかに気が付いたように目を見開いた。

「どうかしたんですか？」

「そ、そういえば……も、もう一度名前を教えてくれる……!?」

「アレンですけど……」

「じゃ、じゃあやっぱり……!?」

いったいなにがやっぱりなのだろう。僕にはさっぱりだ。

「あ、あなたが元『月蝕の騎士団』のアレンくんなの!?」

「え？　そうですけど……なんでミネルヴァさんがそれを？」

「あなたの後釜としてナメップにスカウトされたのが、私なの……！」

「えええええええええええええええ！？！？　そ、そうだったんですかぁあああ!?」

これにはめちゃくちゃ驚いた。

まさか助けた女性が僕と同じ付与術師で、しかも『月蝕の騎士団』を追い出されていただなんて。

これにはなにか、運命めいたものを感じてしまう。

でも、僕が抜けたあとの『月蝕の騎士団』で、いったい何があったのだろう。

お互いに、いろいろ話すことがありそうだね。

「立ち話もなんですし……いったん街に戻りましょうか」

「そ、そうね。私も、一度シャワーを浴びたいわ」

ミネルヴァさんはダンジョンを逃げ回ったせいで泥だらけだった。

「じゃあ、街まで護衛します」

「ありがとう。本当にアレンくんと出会えてよかったわ。さすがに一人でA級ダンジョンから抜け出すのは不可能だったから……」

「これも運命の出会いですね」

僕の何気なく言った一言で、ミネルヴァさんは頬をぽっと赤く染めた。

「そ、そそそ……そうかもしれないわね……」

「はい。きっとそうですよ！」

A級ダンジョンから引き返す途中、何度かモンスターを倒した。

ドラゴンを倒したおかげもあって、僕は帰り道で見事レベルアップすることができた！

ちなみに、レベルアップのあの変な音とかはミネルヴァさんには聞こえないようだ。

馬に揺られながら、僕はこっそりとステータスを確認した。

よし、ちゃんとレベル2になっている……！

もうすでに人類史上最強クラスのステータスっぽいんだけど……大丈夫か、これ？

名前　アレン・ローウェン
職業　付与術師
男　１６歳
レベル　２

攻撃力　１５３０４
防御力　１３９６０
魔力　１５６８２
魔法耐性　１４５８６
敏捷　１２６５８
運　１１２７４

◇

【Side：ミネルヴァ】

「だ、大丈夫ですか……!?」

ドラゴンに殺されかかっていた私を助けてくれたのは、同い年くらいの少年だった。

背が低くて中性的で可愛い雰囲気の男の子だけど、どこか頼もしさを感じる。

彼は自信に満ち溢れていて、怯（おび）える私に優しく手を差し伸べてくれた。

「大丈夫ですか……？　立てますか？」

「う、うん……ありがとう」

彼の手を握ると、意外と男らしい大きな手で、少しドキッとしてしまう。

異性の手を握ったのなんて初めてだからか、胸の鼓動が鳴りやまない。

いろいろと話をしていくと、どうやら彼があの・・アレンくんだということがわかった。

そう、私と同じように『月蝕の騎士団』を追い出された、あのアレン・ローウェンだ。

同じ付与術師という立場で、しかも同じ扱いを受けた私たち。

なんだか偶然が重なって、親近感を感じてしまう。

そう思っていたところに、彼がこんなことを言った。

「これも運命の出会いですね」

え……

その言葉を聞いて、一瞬で私の顔が真っ赤に熱くなってしまう。

男性からそんなことを言われたのは初めてだったし、自分の考えを見透かされたような気がした。

彼は死にそうだった私を、いとも簡単に助け出してくれた。

そんな彼に不覚にもドキッとしてしまったのは、ただの吊り橋効果なんかじゃないはずだ。

「そ、そそそ……そうかもしれないわね……」

あまりの出来事に、アレンくんの顔を直視できないが、なんとか誤魔化す。

彼とは今さっき会ったばかりなのに、なぜだか出会ったばかりという気がしない。

それはナメップやマクロたちから話を聞いていたからだろうか。

だが、アレンくんはナメップの言うような無能なんかでは、決してなかった。

やっぱりナメップたちになにかハメられたとしか思えない。

アレンくんは、私が今までに見てきた付与術師の中で――いや、冒険者の中でも一番強いように見える。

彼にはそれだけの余裕があった。

ダンジョンから抜け出す道中も、私の手をとって、リードしてくれる。

モンスターはすべて一撃で倒してしまう。それどころか、モンスター達は彼を恐れているのか、近づいてくるものもまれだ。

「あの……アレンくん、その……本当にありがとう。あらためて」

「いえいえ、僕も嬉しいですよ。ミネルヴァさんと出会えて」

「え……それって……」

「あ、ほら、もう出口ですよ」

そう言って、アレンくんが私の手を引き、ダンジョンから出る。

するとそこには、真っ白な綺麗な馬がつながれて待機していた。

「白馬……」

「あーそうなんですよね。変ですよね、冒険者が白馬なんて。ちょうどこの馬しかいなくて……」

「ううん……ぜんぜん、変じゃないよ」

私はアレンくんの手を強く握り返していた。

まさか、私の想像通りのことが起きるだなんて、思ってもみなかった。

今まで散々な目にあってきたけれど、奇跡って起きるものなんだな……

最期を覚悟して祈ったら、本当にやってきてしまうなんて……

「白馬の王子様………君だったんだね………」

私は彼の後ろで馬に揺られながら、そう呟いた。

しかし、その言葉は風にかき消され、彼の耳には届いていない。

私はなんだかいっそう彼のことが愛しくなって、その大きな背中にぎゅっとしがみついた。

「わ……⁉　ミ、ミネルヴァさん……⁉　なんですか急に……!」

アレンくんは女性に耐性がないのか、とても驚いて恥ずかしそうにしてみせる。

可愛い……

私も、異性にこんなことをしたのは初めてだ。

でも、彼だけは特別。

私は彼を絶対に放さないと心に決めた。

もしかしたら彼なら……

「その……落ちると、危ないから」

「そ、そうですね……」

アレンくんはまんざらでもない様子だ。

こうして私は、運命の人と、まさに運命的な出会いを果たし、恋に落ちたのである――

6　永久機関が完成しちゃったぞ

僕の泊まっている宿まで帰ってきて、ようやくミネルヴァさんはあることに気が付いた。

「あ……そういえば……」

「どうしたんですか？」

「その……着の身着のまま追い出されちゃったから、お金もなにも持ってなくて……」

確か、ミネルヴァさんはシャワーを浴びたいとか言っていたな。

「あー、そういうことだったら、僕がお金を出しますよ」

「え……そんな……」

「いいんです。最近けっこうお金にも余裕があるので。それに、これもなにかの縁ですよ」

「あ、ありがとう……アレンくん。やさしいね」

ミネルヴァさんは後ろから僕の袖(そで)をぎゅっと握ってきた。

それがとても可愛らしくて、僕は思わずときめいてしまう。

せっかくミネルヴァさんを助けたんだし、ここで見捨てるわけにもいかないしね。

僕は急いで宿のフロントまで行って、もう一部屋借りられないか尋ねた。

しかし、すでに部屋はすべて埋まっていて、空室はないそうだ。それどころか、他の宿もどこも満員で、空き部屋を見つけるのは難しいという。

というのも、今はどこも勇者を一目見ようとする観光客でいっぱいらしい。

そっか、勇者か……僕も見てみたい気がするけど……どんな人なんだろうね。

「ど、どうしましょう、ミネルヴァさん……」

不安に感じつつ、ミネルヴァさんに聞くと、彼女は思いがけないことを口にした。

「わ、私は……アレンくんと同じ部屋でいいのだけれど……」

「え……？　…………って、えええええ！？！？！？」

僕と同じ部屋って……え!?　それって、どういうことなんだ!?

「シャ、シャワーを借りるだけだし……いいでしょう……？」

「そ、そそそそそうですよね……！　うん、そうですね！」

び、びっくりしたぁ……

まさか僕と同じ部屋に泊まるとか、そういうことなのかと、早とちりしてしまった。

ま、まあ……少しシャワーを貸すくらいなら、全然普通だよね……？

僕はドキドキしながら、ミネルヴァさんを宿の部屋に連れ帰った。

しかし、若い男女が同じ部屋で一夜を共にして、何もないはずがなく。

ベッドの上に座っている僕に、シャワーを終えたミネルヴァさんがゆっくり近づいてきて……

まだ会ったばかりだというのに、運命の糸に導かれるようにして、僕たちは結ばれたのだった。

◇

それから僕たちは、いろんな話をした。

宿でイチャイチャしながら、幸せな時間を過ごす。

いつのまにか、僕は〝ミネルヴァさん〟ではなく〝ミネルヴァ〟と呼ぶようになっていた。

「それで……ナメップはあの後……」

「そう、今街で騒がれている元勇者っていうのは、ナメップのことね」

「まじか……」

ミネルヴァから、今まであったことを詳しくきいていく。

まさかナメップが勇者に選ばれていたなんてね……。

僕を追放したのも、きっとそれが原因だな。

だけど、ナメップはヘマをして、投獄され、今では元勇者だ。

まあ、僕が付与を切ってしまえば、当然そうなるよね……。

「そしてナメップに代わって今勇者になっているのが――」

「そう、マクロよ。私を追放した……ね」

「ミネルヴァを追放だなんて、許せないな」

「アレン……」

僕は別に自分がナメップに追放されたことを、それほど恨んでいるわけではない。

だけど、ミネルヴァを追放した上に危険にさらしたマクロのことは、心底許せないと思う。

「というか、アレンってそこまで強いのに、どうして追放なんてされたの……？」

ミネルヴァがしみじみと僕に聞いた。

「うーん、僕が強くなったのって――正確には、自分の強さに気づいたのは……実は最近なんだよね」

「え……そ、そうなんだ。じゃあ、マクロたちはまだ、今のアレンを知らないのね」

「うん、そうなるね。そうだ！　今の僕たちなら、マクロを止められるかもしれない……！」

マクロが私利私欲のために勇者の地位を利用しているのを知って、僕はいてもたってもいられない気分だった。

もちろん、ミネルヴァにしたことに対しても、ただならぬ怒りが湧く。

今後マクロがまたどんな悪さをするかもわからないしね。

それを止められるだけの力があるのなら、僕は行動しなくちゃならない。

ミネルヴァの話を聞く限り、あいつの本性はナメップ並みのクズのようだからね。

「ミネルヴァ、僕はマクロの悪事を止めるよ！　そして絶対にミネルヴァにも謝らせるからね……！」

「ありがとう、アレン。でも……私は復讐がしたいわけじゃないの……先にやらなきゃいけないことがあって、私はここにいる」

「やらなきゃいけないこと……？」

僕はミネルヴァに詳しい話を聞いた。

どうやらミネルヴァのお父さんは不治（ふじ）の病（やまい）に冒されていて、彼女はそれをなんとかしようとしているらしい。勇者パーティに加入したのも、そのためなのだとか。

「そうだったんだ……それは、大変だったね」

「ありがとう、アレン」

「だったら、マクロなんかに構っている暇はないね！　僕にも病弱な妹がいる。だから、一緒にお父さんを助けよう……！」

「アレン……嬉しい！　アレンにも病気の妹さんがいるんだ……私も、アレンのためになんでも協力する！」

「うん、二人で家族を助けよう！」

「私、アレンのためにならなんでもできるって気がする……いいえ、私たち二人でなら、なんだって……！」

僕たちはもうマクロやナメップのことなんか忘れて、自分たちの目的を遂げることにした。

当初、ミネルヴァは勇者パーティを利用して王様を頼る作戦だったらしいけど、マクロが勇者である以上、その手はもう使えない。

だったら、僕たちだけでなんとかするしかない……けれど僕たちは二人とも付与術師で、治癒（ちゆ）

術師（じゅつし）ではない。

付与術師同士の相性はお世辞（せじ）にも良いとは言えず、国有数の医師たちを頼らなければならないような病気を、二人だけでどうにかできるのだろうか。

いや、やるしかない。

「ねえ、ちょっとミネルヴァのステータスを見せてもらうことって、できるかな？」

「うん。もちろんアレンにならいいけど……どうして？」

「それが、僕には特殊なスキルがあってね……それのおかげでここまで強くなれたんだけど……もしかしたらミネルヴァにもなにかないかなって……」

「そうだったんだ。ユニークスキル持ちなんだね。でも、私にはなにもないよ……？」

その後にミネルヴァはこう続けた――

「――スキルツリーの一番下にある、謎のスキル以外にはね」

「え………？」

なんと驚いたことに、ミネルヴァはとんでもないことを口にした。

「スキルツリーの一番下にある、【？？？】っていうスキル以外には、なにもないわよ」

「え……そ、それって……もしかしてユニークスキルなんじゃ……？」

なにを隠そう、僕のユニークスキルである【レベル付与】も、同じくそうだった。

だとしたら、とんでもない偶然――いや、運命だ。

もしかしたら、ミネルヴァの【？？？】も、とんでもない神スキルだったりするんじゃないのか……!?

「でも、こんなの何も意味はないわよ？」

「どういうこと……？」

「ほら、だって――必要魔力が異常だもの。こんなの会得するのは無理に決まってるし……」

ミネルヴァが見せてくれたステータスには、こう記されていた。

？？？付与　必要魔力：1万

「こ、これって……」

「でしょ？　この世界に、1万もの魔力を余分に用意できる人間はいない。だから、あってないようなものだわ」

ミネルヴァはこのスキルを、なにかの間違いだと思っているようだ。

まあ、それも当然だ。

だけど、僕はこれがちゃんと解放できるユニークスキルだって知っている。

なにせ僕の【レベル付与】の場合は、10万もの魔力が必要だったのだから。

「ね、ねぇミネルヴァ……もしこのユニークスキルを取得する方法があるって言ったら、どうする……？」

「え……？　そ、そんなの不可能に決まってるじゃない……って、もしかして……」

「うん、そうなんだ。僕のユニークスキルを使えば、たぶん可能だ」

「う、嘘でしょ……」

それから僕はミネルヴァに、自分の【レベル付与】とその性質について、詳しく話した。

彼女はにわかには信じられないという様子だったが、僕のステータスも見せると、ちゃんと納得してくれたようだ。

「アレンって規格外に強いとは思っていたけれど……まさかここまでだなんてね……しかも、レベルって……なんなのそれ……」

「うーん、僕にもまだよくわかっていないんだけど。とにかく、これを解放してみよう」

「そ、そうね……私も気になる……お願いします」

僕はさっそく、ミネルヴァに向けて付与術を使う。

普通なら付与術師が付与術師に付与を使うことってあまりないから、新鮮だ。

まず初めにかける付与は、【魔力強化（強）】だ。これは自分に使っても意味がないが、他人になら問題なく使用できる。

「えい！　【魔力強化（強）】――！」

何度か連続してかけると、ミネルヴァの魔力があっという間に１０００に達した。

「す、すごい……アレンのおかげで、魔力がこんなに……」

「でも、これじゃあまだ足りないね」

ここまでに僕の魔力も結構使ったし、たぶんスキル取得に魔力を消費すれば、その分の魔力は、たとえ付与術を解除しても戻ってこないだろう……これだとあまり効率がよくないな。

「じゃあここで、ミネルヴァに【レベル付与】をかけるね」

「え、うん」

僕はそのまま、彼女に【レベル付与】をかけた。

ミネルヴァのもともとの魔力は１５２３だった。

そこに僕の１０００が加わり、レベル１での魔力は２５２３。

「これで……どうしたらいいの……？」

「あとは簡単だよ。ちょっと戦闘をして、レベル５まで上げればいい。そうすればすぐに魔力１万になるから」

「うん、じゃあさっそく外に出ましょうか」

今回僕が付与したのはあくまで魔力だけだ。

だから【レベル付与】を使っても、そこまで魔力消費は大きくない。

僕たちは冒険者ギルドで適当なクエストを受け、レベル上げをすることにした。

そのついでに、ドラゴン退治の報告もしておこう。

◇

冒険者ギルドに行って、ドラゴンを倒したことを伝えると、受付のお姉さんは口を開けて驚いた。

「ほ、本当にドラゴンを倒してきたの……？　アレンくん……」

「はい、もちろんです」

僕が討伐の証拠として回収していた鱗を見せると、お姉さんは一応納得してくれた。

とりあえず僕はドラゴン退治の報酬を受け取って、クエストシートにサインした。

それを見守る受付のお姉さんの視線は、僕から後ろのミネルヴァに移る。

「……それで、アレンくんの後ろの女の子は誰なのかな……？」

「ああ、彼女はミネルヴァ。僕の……大切な女性(ヒト)です」

僕は受付のお姉さんにミネルヴァを紹介した。

なんだかこうやって他人に彼女を見せるのは少し照れくさくもあり、嬉しくもある。

受付のお姉は驚きつつも喜んでくれたみたいだ。

「そ、そう……アレンくん、本当に別人みたいで見違えたわ……」

「そうですか……？」

「つく……つくううううう……」

なぜだか受付のお姉さんは握り拳を作って小さく歯噛(はが)みしている。

「お姉さん……？」

「い、いえ……なんでもないのよ」

まあ、確かに僕はこの数日で別人のようになったかもしれない。

受付のお姉さんの謎の行動はよくわからなかったけど、とりあえず僕たちは適当なクエストを受けてギルドを後にした。

◇

ギルドから出て、いつもの草原に向かう途中。ミネルヴァが僕の耳元で小さく問いかける。

「ねえアレン、あの受付のお姉さんと、どういう関係なの？」

「え……？　別に……なんにもないけど……？」

「あの娘、アレンのこと好きだった」

「えぇ!?　そ、そうなの……!?」

ミネルヴァはどうやら受付のお姉さんに嫉妬しているみたいだった。

だけど、受付のお姉さんが僕に気があるだなんて、そんな馬鹿みたいなことありえないよ。

「大丈夫だよ、僕はミネルヴァ以外に興味ないからさ」

「う、うん……私も……アレンだけだから……」

僕はミネルヴァに固く誓（ちか）った。

そして彼女を安心させたくて、優しく手を握って草原までエスコートした。

◇

草原でしばらくモンスターを倒していると、その日のうちにミネルヴァはレベル5に達した。

魔力以外のステータスは上げていないから、レベルはすぐに上がる。

これでミネルヴァの魔力は12615だ。

「すごい、本当にこのレベルアップっていうのは、規格外のスキルね……」

ミネルヴァは驚きを露わにそう呟いた。

「まあ、僕もまだあまりよくわかっていないんだけどね……」

「でも、これで私の【???】スキルも解除できる……!」

ミネルヴァはステータスを開いて、スキルツリーを表示した。

僕たちが魔力を1万まで溜めたのは、なんといってもそのためだ。

「そうだね、さっそくやってみよう」

???付与　必要魔力:1万

以前僕が【レベル付与】を会得したときも、同じような感じだった。

だけど、ミネルヴァの【???】はどういうスキルなのだろうか。

まさか僕と同じ【レベル付与】っていうことは……ないよね……?

だとしたら、どんなスキルなんだ?

「いくよ、アレン……」

「うん……」

僕たちは息を呑んだ。

そして、思い切ってそのスキルを解除してみる。すると――

???付与 → 経験値付与

ミネルヴァのステータスには、そう表示されていた。

「経験値……付与……？？？？」

僕たちは顔を見合わせて、異口同音にそう呟いた。

【レベル付与】に続き、【経験値付与】なんていうものも、まったく聞いたことのないスキルだ。

このスキルを使うと、いったい僕たちはどうなってしまうのだろう……？

「【経験値付与】……って、なんなんだ……？」

「さ、さぁ……」

僕たちは顔を見合わせた。

「とりあえず、僕に使ってみてよ」

「う、うん……そうね」

ミネルヴァがさっそく僕に向けて【経験値付与】を使用する。

しかし、目に見えるような変化は訪れなかった。

とりあえずステータスを確認してみることにする。

名前　アレン・ローウェン
職業　付与術師

男　16歳
レベル　2
攻撃力　15304
防御力　13960
魔力　13182
魔法耐性　14586
敏捷　12658
運　11274
経験値　12324／134465

「……この経験値とかっていうステータス……前からあったっけ……？」

見慣れないステータスだけど、どうやらミネルヴァのスキルはこれに関連するものらしい。

でも、この経験値を上げると、どうなるっていうんだ……？

「試しにこの経験値、もっと上げてみようか」

「そうね」

数値を見た限り、僕の場合はかなり多くの経験値が必要みたいだ。

ミネルヴァだとどうだろうか。

「ちょっと試しに、自分に付与してみてよ」

「うん、わかったわ」

ミネルヴァが自分に何度か【経験値付与】をすると——

『ぱららぱっぱっぱ〜!!』

なんと、ミネルヴァのレベルが5から6に上がった。

その代わり魔力をほとんど消費してしまったみたいだけど……

どうやら経験値を満たすと、レベルが上がる仕組みのようだ。

「ど、どういうことなんだ……!?」

「でも、これってちょっとヤバいんじゃない？」

困惑する僕に、何かを思いついた様子のミネルヴァがそう言った。

「え……？」

「ちょっと、アレン。試しに私に【魔力強化】をしてもらえる？」

「うん……」

僕がミネルヴァに【魔力強化】をかける。

5000ほどの魔力を使って、ミネルヴァの魔力を大幅に強化する。

それから――

「じゃあ、今度は私がアレンに【経験値付与】をするね」

「う、うん」

「えい……！」

ミネルヴァが何度か【経験値付与】を唱えると、今度は僕のレベルが2から3にアップした。

『ぱららぱっぱっぱ～!!』

どうやら【経験値付与】は魔力の消費量が大きいほど、その効果も上がるようだ。

一回の【経験値付与】につき、最大魔力の十分の一を消費する仕組みらしい。つまり最大魔力量が増えれば、その効果は相対的に増大する。

「ちょ、ちょっと待って……っていうことは……これ、僕の魔力をミネルヴァに渡していけば……延々と無限にレベルアップできちゃう仕組みになってない……!?」

「そ、そうみたいね……」

まるで僕とミネルヴァ、二人のスキルが合わさって運用することが想定されていたかのようなはまり具合だ。

これは能力の面から言っても、僕たちの出会いは運命だと思わざるをえない。

「す、すごい……けど、どうする……コレ……」

「そ、そうね……私もあまりの出来事に、正直頭がついていかないわ……」

「とりあえず、もう一回レベル上げてみる？」

「う、うん」

僕たちはそれから、お互いのレベルを上げまくった。

まあ、上げようと思えばいくらでも上げることができるけど、とりあえずはこのくらいでいいだろう。

あまり能力を上げすぎて、力の制御ができなくなっては困る。

名前　アレン・ローウェン
職業　付与術師
男　16歳
レベル　10

攻撃力　76520
防御力　69800
魔力　53410
魔法耐性　72930
敏捷　63290

運　　56370
経験値　0／1235390

◇

その後も検証を重ね、どうやらミネルヴァの【経験値付与】も、僕の付与術と同様に時間経過で解除されない性質があることが判明した。

会得に大量の魔力を必要とするからなのか、あるいは僕の【レベル付与】と相互作用するからか、理由ははっきりわからないが……いずれにしても僕たちの相性の良さは際立っている。

こうしてレベルアップの永久機関を完成させてしまった僕たちは、これからのことを話しあっていた。

これだけの力があれば、なんだってできるはずだ。

だけど、僕たちがまずやるべきことは……

「ミネルヴァ、この力を使えば、ミネルヴァのお父さんを救えるかもしれない……！」

「うん……そうね……！　きっと、アレンの妹さんも良くなるよ！」

付与術には単にステータスを上げるだけじゃなく、いろいろな種類のものがある。

これだけ魔力に余裕があるのだから、何か打つ手はあるはずだ。

「ミネルヴァのお父さんさえ助かれば、もう勇者パーティにも用はないしね」

「そうね、アレン……本当にありがとう」

「じゃあ、さっそくミネルヴァの実家に向かおうか」

その後、僕たちは馬車をレンタルして、旅の支度を整えた。

「ミネルヴァの実家って、ここから結構遠いの？」

「うーん、まあ。そこそこかな」

「よーし、じゃあ……僕に考えがある！」

「え……？」

僕は目の前の馬に向かって、【敏捷強化】と【レベル付与】を唱えた。

あ、これレンタルの馬だった……まあ、後で買い取ればいいか……

「じゃあ、ミネルヴァ……【経験値付与】をお願いできるかな？」

「うん」

僕たちの永久機関コンボを使って、馬を少しばかり強化する。

これで、普通の馬を使うよりも、かなり速く走れるはずだ。

「おお……！　すごいスピードだ！」

「これなら明日にでも着きそうね！」

それにしても、ミネルヴァのお父さんに会うなんて、ある意味緊張するな……

だって僕たちは一応もう一線を越えてしまっているわけだし……ってことは、そういうことだよね……？

ま、まあまずはミネルヴァのお父さんを元気にするのが目的だからね……！

ふと横を見るとミネルヴァもどうやら同じことを考えているらしく、顔を真っ赤に染めている。

かわいい。

◇

それから丸一日馬車を走らせて、僕たちはミネルヴァの実家にたどり着いた。

「お父さん……！」

ドアを開けるやいなや、ミネルヴァが奥の部屋のベッドに駆け寄る。

「ああ、ミネルヴァか……帰って来たのだな……」

「お父さん……こんなにやつれて……」

ミネルヴァのお父さんは、娘を心配させまいと、優しく頭を撫でた。

彼女もいとおしそうに父の手を握る。

そんな二人のほほえましい家族愛を、僕はなんとしても守りたいと思った。

「ミネルヴァお嬢様、おかえりなさいませ……」

お義父さんの横で看病をしていたメイドさんが立ち上がり、会釈する。

どうやらミネルヴァの留守の間は、彼女が面倒を見ているようだ。

僕の場合も、妹は信頼できる人に預けてある。

「父の容体はどうなの？」

ミネルヴァの質問に、メイドさんが目を伏せる。

「それが……最近あまりよくありません……」

「そう……でも大丈夫……！　ここにいるアレンのおかげで、なんとかなりそうだから！」

「え……!?」

驚きを隠せないメイドさんとお義父さんの前に出て、僕は二人に挨拶した。

「アレンです。僕がお義父さんを、治します……！」

◇

僕が考えた作戦はこうだ。

まずは、とにかく肉体面を強化するような付与を、お義父さんにかける。

それから、ステータスを少しばかり強化する。

あとは【レベル付与】をかけて、【経験値付与】でレベルを上げれば、なんとかなるはずだ。

基本的に、ステータスが十分に高ければ、ほとんどの病気は克服できるのだが、弱った人が身体を鍛えたりモンスターを倒したりするわけにもいかないからね。

でも、この方法なら、なんとかなりそうだ！

「よし……！　まずは……【自動回復付与（強）】――!!」

僕はあらかじめ新しく覚えておいた付与術を使用した。

この付与をしておけば、常に回復効果がお義父さんの身体を癒してくれるはずだ。

本来であればこれも時間制限のある付与術だけど、僕の場合は解除されないから……

「えい……！　もう一回、【自動回復付与（強）】――!!」

自動回復付与をかければかけるだけ、その効果が重複して、しかも永続的に機能するというわけだ。

これなら今後どんな怪我や病気になっても大丈夫だろう。

だけど重い病気だから、やっぱりまだこれだけでは不十分だ。

「【金属肉体付与（強）】――!!」

これは身体をまるで金属生命体のように頑丈にするものだ。

物理的な強さを強化する術だけど、これも念のためだ。

金属スライムには毒や麻痺が効かないから、たぶんこれも効果があるはず……！

それから、ステータスも少しだけ強化して……

「よし……あとは【レベル付与】と【経験値付与】で……！」

とりあえず、ミネルヴァと協力して、お義父さんをレベル１０にまでしてみる。

すると――

「おお……!? これはどういうことだ……身体が軽い……」

なんと、ミネルヴァのお父さんは顔色も良くなり、見事にベッドから起き上がった!

ミネルヴァは感動のハグを交わす。

「よかった……!」

「今までの苦しみが嘘のようだ……い、いったい何が……」

「ただお義父さんを付与術で強化しただけです。それも……普通の人では規格外なほどに……」

「そうなのか……ありがとう。だ、だが……付与術と言ったか?」

「はい」

「付与術なら……時間制限で付与術が解けたらおしまいじゃないのか……!?」

お義父さんはひどく不安そうな表情で僕に問いかける。

だけど、そんな心配は無用だ。

「大丈夫です。僕の付与術は永続的なものです。それに……間違っても、こちらから解除したりしませんから」

「そ、そうなのか……よくわからないが……感謝する……本当に……!」

お義父さんは僕の手をとって、拝むようにしてお礼を言った。

とにかく、お義父さんが元気になったようでよかった。

◇

「それで……アレンくんと言ったかな」

「はい、お義父さん」

一段落して、僕たちは食卓を囲んで夕食をとっていた。

お義父さんも元気になって、こうやって久々にテーブルで食事をすることができたみたいだ。

「もしかして君は……お義父さんと呼んでいないかね……？」

「え……そ、それは……」

まさか、僕の心の中で思っていることが漏れていたのか!?

ミネルヴァは絶対に嫁にやらんぞ！　とか言われてしまうのかな……!?

「ふふ、冗談だよ、アレン君。きみは命の恩人だ。それに……娘にとっても恩人だそうじゃないか？」

お義父さんは改めて、僕の目を見て頭を下げた。

「これからも、末永くミネルヴァをよろしく頼む」

「お、お父さん……！」

ミネルヴァが赤くなってあたふたしている。

これってつまり……親公認ってこと……!?

「も、もちろんです！　お義父さん……！」

僕は立ち上がって歓喜した。

ちなみに、僕の付与術でかなり元気になったミネルヴァのお父さんは、やがて街一番の冒険者になって、金属肉体(メタルボディ)を活かして最強のタンクとして名を馳(は)せることになるんだけど……それは、別のお話。

◇

無事にミネルヴァのお父さんを助けることができた僕たちは、今度は僕の実家に向かって馬車を走らせていた。

「アレン……本当にありがとうね。アレンのおかげで、私の目的は達成できた」

「いや、僕は何も。それに、ミネルヴァの力もあってこそだからね」

そういえば、ミネルヴァが冒険者になったのは、お父さんのためだったっけ。

だったら、もう僕と一緒に冒険を続ける意味なんてないんじゃないか……そんな不安が、一瞬頭をよぎるけど……

「もちろん、私はこのままアレンに一生ついていくからね？」

「う、うん……僕も、ミネルヴァとずっと一緒がいい……」

馬車に揺られながら、僕たちは手を握り合った。

別に当初の目的が達成できたからといって、旅をやめる必要はない。

むしろこれからは、心置きなく自由に冒険ができる。

あとは僕の妹を元気にすれば、問題はすべて解決だ。

「ねえ、アレンの妹さんって、どんな感じの子なの？」

「うーん、そうだなぁ。甘えん坊で、やさしい子かな。普段は大人しいんだけどね」

「そっかぁ、会うのが楽しみだなぁ」

ミネルヴァは、妹にとっても義理の姉ということになる。

親公認の仲でもあるしね……って……まだ気が早いか。

◇

それから三日三晩かけて移動して、僕の実家まで帰りついた。

ミネルヴァの実家とは違って、僕の故郷はさらに田舎の小さな町だ。

「ただいまー……って、わぶっ！」

僕が部屋に入るやいなや、ベッドから這い出るようにして妹のサヤカが抱きついてきた。

病弱で普段はずっとベッドで寝ているのに、僕が帰ったときだけいつもこうだ。

それほど僕が家を空けていて、妹に寂しい思いをさせていることには、申し訳なく思っているけど……

「兄さん……！　兄さん……！　兄さん……！」

「いてて……ちょっと、落ち着いて……！」

サヤカは興奮して僕の顔を撫でまわす。

まるで犬みたいだ……

あまり体力を使うといけないから、もうちょっと控えめにしてほしいんだけど、全然離れない。

「お客さんがびっくりするから、その辺で……」

「え……？　お客さん……？」

サヤカはようやく僕から離れると、ミネルヴァへ視線を向けた。

ミネルヴァは少しびっくりしながらも、親しみのこもった笑みを浮かべる。

しかし、その瞬間、なぜかサヤカの顔がひきつって、とんでもない表情になった。

「え……？　サヤカさん……？」

「兄さん……？　誰なのかな。いったい。この雌は……？」

「は……？　め、雌……!?」

可愛い清楚（せいそ）な妹から出たとは思えないほどの聞きなれない言葉だ。

普通、人間の女性に雌なんて言葉は使わないよね……

「こ、この人はその……ミネルヴァっていって……一応、僕の彼女です……」

「ど、どうも……」

ミネルヴァが気まずそうに挨拶した瞬間、妹が豹変した。

「に、にににに兄さんに悪い虫が……!!」

「えええ……!?」

「い、今すぐ帰ってもらって!!」

「そ、そんなぁ……！」

ま、まさかサヤカがここまでうろたえるなんて……

まあ、昔から僕にべったりで甘えん坊さんなところがあったからなぁ。唯一の肉親である兄を奪われたような気になって、嫉妬しちゃうのかも。

ずっと寂しい思いをさせてきたし、一人で心細かっただろうしね。

だけど、ミネルヴァとは仲良くしてもらわないと困る。

なんとかサヤカをなだめようと思ったそのとき。

さっきまでなんとか元気にふるまっていた妹が、急に咳込みはじめた。

「けほっ……けほっ……！」

「サ、サヤカ……!?　大丈夫!?」

「う、うん……ちょっと興奮しすぎたみたい……」

「落ち着いて……大丈夫だから」

ここは一刻も早く妹の容体を回復させよう。

ミネルヴァについての話はそれからだ。

「サヤカ、今サヤカの病気を治すから、待ってね」

「え……？　兄さん、それってどういうこと……？」

「ここにいるミネルヴァと僕のスキルを合わせれば、それが可能なんだ！」

「え……!?」

僕たちはミネルヴァのお父さんにしたのと同じ手順で、妹へ付与を施(ほどこ)していく。

すると、あっという間に妹もすっかり元気になってくれた。

「すごい……本当に楽になった……」

信じられないといった様子でベッドから立ち上がるサヤカを見て、僕は安堵の息を漏らす。

「よかった……！」

「ありがとう……兄さん、その……ミネルヴァさん……」

妹は少し照れくさそうにミネルヴァにもお礼を言った。

さっきはいきなりで驚いてミネルヴァに敵意を向けていたけど、これでなんとか仲良くなれそうだね。

「ゴメンナサイ……ミネルヴァさんは私を救ってくれようとしていたのに……」

「ううん、いいのよ。私もサヤカちゃんがよくなって嬉しい。これからよろしくね……」

「はい。あ、でも……兄さんは渡しませんから……」

「え……!?」

「それとこれとは話が別です！　兄さんとの結婚は私を倒してからにしてください」

ぷいと頬を膨らませるサヤカを前に、ミネルヴァが苦笑する。

「いや……せっかく助けたのに倒さないから……」

よし、ミネルヴァもサヤカも、お互いに冗談を言い合える仲になったみたいだ。

これから家族になるんだし、仲良くしてもらわなくちゃね！

それから家で久しぶりに食卓を囲んで、充実した里帰りを堪能したのだった。

7　断頭台の道化（どうけ）

【Side：ナメップ】

「くそ……！　俺をここから出せ！」

——ドン！　ドン！

馬車で引き回された俺——ナメップは、ケツが血まみれのまま、薄暗い牢獄に入れられていた。

もう三日三晩飯も食べていない。

「うるせえなぁ！　黙れカス！」

「うわぁ……！」

看守が牢の隙間から、槍を差し込んで、石突（いしづき）の部分で俺をドンと突き飛ばす。

腹の柔らかい部分に直撃し、えぐい音が鳴る。

「ぎゃはは……！　もう二度とうんこできないねえ！」

看守は笑いながら俺のケツに槍の柄を押しつけて、さらに痛めつける。

馬車で引きずられたせいで、血まみれのケツが、さらに壊滅的なダメージを受ける。

「いでえええ……！　死ぬ……！」

「うるせえ！　てめえは死ぬんだよ！　これから数日後に処刑台でなぁ！　それまでは俺のおもちゃだ……ふっふ……」

「は……？　お、お前……う、嘘だろ……!?」

なんとその看守は俺を殴るだけでは物足りないらしく、さらに痛めつけ、屈辱的な目にあわせてきた。


その後、俺は死ぬよりもつらい思いをした。

なにより精神的に屈辱だし、痛みもこれまでに経験したことのないものだった。

看守は満足げに居眠りをしている。

これならいっそ、今すぐにでも首を刎ねてもらったほうがまだましだ。

「ぐぞおおお……！　こうなったのも、マクロのせいだ……！　それからアイツ、すべてはあのアレンを追放したことから狂い出したんだ！　クソ無能め！　ミネルヴァとかいう女も俺を馬鹿にしやがって……！　俺は絶対に許さんぞおおおお……！」

俺は血やさまざまな体液にまみれた地面にうつぶせになり、屈辱と恥辱にまみれながら、誰に向けてでもなく叫んだ。

ケツがあまりにも痛すぎて、俺はもう立ち上がることも、座ることもできずにいた。

ただ地面をナメクジのように這いつくばるだけだ。

くそ……惨めだ。

マクロの策略で陥れられ、俺はこんな目にあっている。

どうせ俺の能力を奪ったのも、マクロに違いない……

なぜかあいつだけゴブリンを圧倒していた。

つまり、あいつのステータスは俺みたいに下がっていないに違いない。

じゃあやっぱり、それもこれもすべてアイツの仕組んだことだったんじゃないか……！

「絶対に復讐してやる……！　クソ……！」

そうだ、俺はマクロが俺を謀ったと知っている。

証拠はつかめていないが、マクロのあの表情や、ステータスの状態からしても、あいつの仕業で間違いない。

このことを王様にチクったら、あいつはどうなるかな……ふっふっふ。

勇者を陥れ、自分が勇者になり代わろうとするなんて、大罪だ。

なんとか王様にこの話を伝えられたら、俺はまだ逆転できる……！

「っくっくっく……断頭台に送られるのは貴様だ、マクロ……！」

だが、罪人であるこの俺が王様に謁見など、今更不可能……いや、待てよ……？

俺はこの後、公開処刑されることになっている。

その時にはもちろん、王様も立ち会うだろう。

最期に一か八か、賭けてみる価値はありそうだな。

「ううう……俺は絶対にあきらめんぞ……！」

それからも俺は惨めな思いに耐え、なんとか王様に会う機会を窺った。

看守に媚びを売って謁見させてほしいと頼んだが、生返事だけで何も起こらなかった。

俺は逆転のチャンスを信じて、それだけにすがって、なんとか正気を保つしかなかったのだった。

断頭台へ送られる日は、刻一刻と迫っている——

◇

【Side：マクロ】

「はっはっはっは……！　この世は僕のものだぁ……！」

僕——マクロは街一番の高級酒場で、酒と女を両脇に抱えながら、豪遊するッ……!!

これこそまさに僕が今まで追い求めてきた、勇者としての特権だった。

酒場に行って勇者の名を出せば、歓待に次ぐ歓待。

それこそ、村娘なんて喰い放題だった。

「ぎゃはははは……！　マジでナメップはざまぁだな！　こんないい思いをできずに勇者を降ろされ、死んでいくなんてさ……！」

それに、アレンとかいう馬鹿も気の毒だ。

あいつだって僕みたいに欲望に素直になれば、今頃僕の横でおこぼれくらいはくれてやったのにな。

いや、それは嘘だな。この世の女は全部僕のものだ。

自分で勝ち取れない、勝ち取ろうとしない雑魚にわけてやるような富は一つもないよ。

「さあて……おい、エレーナ……！　酒をもってこい……！」

「は、はい……」

エレーナは僕の声にびくぅっと反応して、怯えながら奉仕する。

こうやって恐怖心を植え付けて、僕から離れられなくさせているんだ。

「いやぁ、さすが勇者様。かっこいいですわぁ」

「はっはっは、そうだろう」

隣にいる名前も知らない女が、僕に媚びた目線を向ける。

まあ、勇者の仕事なんて、今の僕には簡単だ。

勇者の仕事はどれも普通にやればこなせる範囲のもの。

ナメップみたいに極端に舐めてかかったり、ステータスを失ったりしていない限り、余裕でこなせるのだ。

問題は勇者になるためには国で一番の冒険者パーティでないといけないことだった。

僕はそのためにこうやってあれこれと策を弄したのだ。

一度勇者になってしまえば、任期が終わるまで次の勇者は選定されない。

それまではせいぜい職権乱用して、この天国を味わい尽くしてやるさ。

◇

「エレーナはどこだ……!!」

翌朝、二日酔いで目が覚めると、エレーナがいないことに気が付いた。

くそ……！

あいつは僕にぞっこんなんじゃなかったのか!?

しかも【人心掌握術（じんしんしょうあくじゅつ）】を使って依存させるように仕向けていたはずなのに……

まさか僕を裏切ったのか……？

いや、そんなはずは……くそ……！

「ふん、まあいい。僕にはまだまだいろんな女がいる」

抜けたパーティメンバーの代わりに、何人か適当に可愛い女を入れてあるのだ。

冒険者ギルドに行って、適当に可愛い子をナンパすれば、すぐに勇者パーティに入りたいというやつが見つかる。

もちろん実力のほどは知らないが、今のところ僕とエレーナだけでなんとかなっていたから、大丈夫だろう。

ただ、懸念すべきはエレーナによるブレイン王への告げ口だな……

僕が勇者の地位を利用して遊んでばかりいることが王に知られれば、さすがにまずいかもしれない。

ブレイン王はかなりの人格者で、厳しい人物だと聞いている。

一応、王の側近であるベシュワールは丸め込んである。

他にも何人かの兵士や使用人に口裏を合わせてもらったり、大臣に賄賂（わいろ）を送ったりと、根回しは完璧なはずだ。

しかし、直接王の耳に入った場合は、さすがに僕も危ういかもしれない。

いや……待てよ……ふん、心配する必要はないか……

エレーナが逃げたところで、僕がいなければ彼女にはなんの後ろ盾もない。

エレーナが王に謁見などできるはずがないし、普通に考えて、勇者である僕の意見のほうが優先されるだろう。

仮に王に何か伝えられたとしても、信用がないし、無意味なことだ。

ふん、馬鹿な女め。あのまま僕に尽くしていれば、悪いようにはしなかったのに。

「はっはっは……！　誰も僕を止めることはできない……‼」

◇

妹のサヤカを付与術で回復させた僕――アレンは、あれから一週間ほど実家を堪能した。

妹とミネルヴァと共に、家族としての時間を過ごしたのだ。

サヤカは最初こそミネルヴァに嫉妬心を燃やしていたが、次第に二人は打ち解けていった。

そして、そろそろ街に戻ろうかというところで、突然の来客があった。

それは、とても意外な人物だった。

「ア、アレン……！　アレンはいる……!?」

「エ、エレーナ……!?」

なんと僕の実家をはるばる訪ねてきたのは、あのエレーナ・フォイルだったのだ。

ナメップと共に僕を追放し、いつも僕を馬鹿にしていたパーティメンバーの紅一点(こういってん)。

なぜ今更になって、彼女が僕を訪ねるのだろうか……？

そういえばミネルヴァの話によると、ナメップは捕まって、マクロが勇者になったんだっけ？

でも、エレーナはエレーナで、マクロに乗り換えてよろしくやっているはずなのに……

「ど、どうしてエレーナが？　しかも、すごく疲れているみたいだけど……まあ、とりあえず話を聞くから上がって」

「あ、ありがとう……アレン。相変わらず、お人よしなのね。私を恨んでないの？」

「え……？　ま、まあ……恨んではいないかな、別に。おかげでミネルヴァとも知り合えたわけだしね。今のほうが幸せだから」

「そ、そう……っていうか……ミネルヴァ……!?　なんであなたがここに……？　マクロに殺されたはずじゃ……」

ミネルヴァの姿を見たエレーナが目を丸くする。

「まあ、その辺は話すと長いんだ。とりあえず上がってよ」

とりあえず疲弊したエレーナを家に上げて、お茶を出す。

僕たちの馬と違って、エレーナはかなり過酷な旅路を乗り越えて、わざわざ訪ねてきた様子だった。

それほどまでに大事な用があるのだろうか。

「エレーナはマクロに乗り換えたんじゃなかったの？　てっきり、勇者パーティとして楽しくやっているものだと思っていたけど……」

僕が尋ねると、エレーナはたどたどしくしゃべり出した。

「最初はね……だけど、マクロの本性を知ってからは……私、だんだん怖くなってきちゃって……」

「えぇ……それは勝手な話だね……まあいいや、聞くよ」

「マクロはだんだんとおかしくなっていった……権力におぼれてね……」

まあ、大体の想像はつくけど……

ナメップを見ていれば、マクロもどうなるか想像できそうなものなのに……

でも、あのエレーナが逃げ出すなんて、よっぽどのことがあったんだな。

彼女はナメップみたいな男に媚びを売っても平気なほど、長いものには巻かれるタイプなのに。

「私……見ちゃったの……」

エレーナが声を震わせながら切り出した。

「え……？」

「マクロが……人を……女性を殺すところを……」

「えぇ……!?　ちょ、それって……本当なの……!?」

これにはさすがにドン引きだ。

まさかマクロがそこまでの悪人だったなんてね。

ナメップでさえも、さすがにそこまではしなかった……

いくら勇者だからって、私的な理由で殺人が許されるはずはない。

「本当よ。マクロとちょっとした言い合いになって、それで彼はカッとなって……あとは怖くなって逃げ出したから、よく覚えてないの……」

「そうだったのか……それは、逃げるよね……」

「あんなイカれた男といたら、私もいつか殺される……幸い、その現場を私が見ていたことは気づかれていないみたいだけど……もしバレたらと思うと……」

サヤカもミネルヴァも、エレーナの話を呆れた顔で聞いていた。

結局、エレーナも自業自得って感じがするけど……

しかし、その話を僕にして、彼女はどうするつもりだろう。

「でもそんなの、王様や国の偉い人が黙っていないんじゃないの……？　なんでマクロがそんな好き勝手して許されているのさ？　ナメップは投獄されたんでしょ？」

「それが……マクロは王の側近であるベシュワールを抱き込んで、いろいろと裏で汚い手を使っているの……ナメップの投獄も、彼の仕業よ……」

「うわぁ……腐ってるなぁ……」

てっきり王国ってもっとまともな人たちが集まっていると思っていたのに……まあ、権力の裏にはいろんな闇があるよね。

でも、王様は人格者で、正義感の強い聖人だって話が有名だ。

それだけ人のいい王様だからこそ、周りにそれを利用しようとする悪人が集まるのかもね。

いやだなぁ……

「じゃあ、なんとかエレーナから王様に話してみるとか……？」

僕が提案すると、エレーナは首を横に振る。

「それは無理……第一、私がマクロから逃げたことはすぐにベシュワール一派に伝わっているし……」

「だよねぇ……」

「だからお願い……！　アレンの力を貸してほしいの……！」

「えぇ……!?」

エレーナは今まで散々僕を馬鹿にしてきたのに、その僕に頭を下げた。

まあ、旗色（はたいろ）が悪くなったらすぐに乗り換えるのは、彼女らしいけど。

「ぼ、僕だってそんなのどうしようもないよ……元パーティメンバーとはいえ、国の決定にまで口出しできる立場じゃないし……」

それに、エレーナは別に僕が強くなったことも、知らないはずだ。

とりあえず僕しか頼れる知り合いがいなかったから、ここに来たってだけだろう。

「でも、マクロが言っていたの……！　ナメップや私のステータスを下げたのは、アレンなんでしょ……!?　それに、ミネルヴァが生きているのだって……アレンのおかげ……違う？」

「う……そうだけど……」

まあ、さすがに薄々感づいてはいるか。エレーナに問い詰められ、僕は渋々頷く。

だけど、いくら僕に力があっても、やっぱり勇者のことに口出しはできない。

「お願い……！　なんとかマクロを止めて……！　元パーティメンバーでしょう……!?　もうアレンしか頼れる人はいないの！」

僕は懇願するエレーナをどうにかなだめようとしたが、先に口を開いたのは、ミネルヴァだった。

「え……？」

「ちょっと、さっきから黙って聞いていたら、ずいぶんと都合のいい話ね」

「なんでそんなこと、アレンがしなきゃいけないの？　元パーティメンバーでしょ——って言うけど、そもそも彼を追放したのはあなたたちでしょ？」

「う……そ、そうだけど……」

「それに、あなたがマクロを止めたいっていうのも、正義感からじゃない。ただマクロに恨まれて仕返しされるのが怖いからでしょ？　まったく、どこまで虫のいい女なのかしら……」

「ひ、ひどい……」

「いいえ、ひどいのはあなたよ。エレーナ」

ミネルヴァが僕の代わりに言いたいことを言ってくれた気がする。ここですんなり承諾して、いいように使われるのは気に障る。

それにしても、ミネルヴァ……はっきり言うなぁ……

「まあ、そういうことだから、エレーナ。悪いけど、他を当たってくれない？　もう僕には関係のない話だしね」

「そ、そんな……！　このままだと、いつか私もマクロに殺されちゃうじゃない……！」

「でも、僕にはどうしようもないよ、実際。自業自得だと思う」

「ちっ……わかったわよ……やっぱりアレンは臆病者のゴミね……」

エレーナは僕が協力しないと理解するやいなや、そう言ってそそくさと帰っていった。

それが本音か……本当に勝手な人だなぁ……

まあ、エレーナにはああ言ったけど、正直、マクロのことは気になるよね。

勇者としての職権を濫用して、悪事を働いているのは、やっぱり許せないし、このままだと、もっと大事になって、とんでもない事件を起こすかもしれない。

でも僕には現状、規格外のステータスがある。

それなのに、悪事を見て見ぬふりしたとあっては、寝覚めが悪い。

「……で、アレン。どうするの……？」

僕の考えはお見通しとばかりに、ミネルヴァが尋ねた。

「もちろん、王都に行く。そして、なんとかマクロを止めてみるよ。これ以上元パーティメンバーが世間に迷惑をかけているのを、見過ごすことはできない。マクロの犯罪を暴いて、彼に罪を償わせるんだ！」

「やっぱりね……本当、お人よしっていうか……超いい子よね……まあ、そういうところが好きなんだけど……」

「ミネルヴァだって、やっぱり気になるでしょ？」

「まあね……一応私も彼を止めることができなかったわけだし……放っておくのもねぇ」

「よし、決まりだ……！　まだどうやるか、方法は思いつかないけれど、とりあえず王都を目指そう……！」

そんなわけで、僕たちは元パーティメンバーの愚行を止めるべく、王都を目指すことにした。

◇

【Side：ナメップ】

とうとう俺の処刑の日が決まった。

くそ……なんでマクロのやつが外でのうのうと勇者をやっていて、この俺が処刑されなきゃいけないんだ……？

マクロの勇者としての活躍は、看守づてに届いていた。

あの野郎め、俺を差し置いて勇者気取りやがって……！

本当ならそこは俺の席だったというのに……

「おい、さっさと歩け」

「っく……ケツが痛くて歩けねえんだよ……」

「トロトロ歩いてると、その真っ赤なケツ蹴っちまうぞ」

看守が俺を断頭台まで連行する。

俺は激しい痛みに耐えながら、足を引きずって歩く。

これほどの激痛を抱えながらも、なんとか意識を保っていられるのは、唯一の希望を信じているからだった。

そう、おそらく断頭台にはブレイン王もいる。

そうすれば、なんとか俺の話を聞いてもらえるはずだ。

俺は希望に縋りながら、断頭台へと歩を進める。

「へへへ……」

「おいおい……とうとうイっちまったか……？」

看守が嘲るが、決して俺は痛みで頭がどうかしてしまったのではない。

断頭台にたどり着けば、解放されるのだと、信じているからだ。

◇

「これより、ナメップ・ゴーマンの処刑を執り行う！　彼は勇者という身でありながら、その職務を放棄し、国民に多大なる失望を与えた。そして王の信頼を裏切った。これは反逆罪に値する！」

処刑の執行者が、高らかに宣言する。

断頭台がある中央広場には、国民全員が集まったかと思うほどの大量の人々で埋め尽くされていた。

その中には、あのにっくきマクロもいる……

やつは女を侍らせながら、俺の姿を見てほくそえんでいた。

くそ……絶対に殺してやる……

「うおおおおおおお！　大罪人を殺せ！」

「早くその男を処刑して！　うちの村はこいつのせいで……！」

「偽物の勇者に天罰を！　神への冒涜だ！」

大衆は処刑という娯楽に熱狂していた。

だが、俺はまだあきらめてはいない。

この場には、ブレイン王と、その側近であるベシュワールも来るはずだ。

彼らになんとか話を聞いてもらえれば……

「さあ、ブレイン王……こちらに」

ベシュワールに先導され、断頭台のそばの椅子に王がやってきた。

俺はブレイン王に話しかけようと、言葉を発する。

「ブ、ブレイン王……！　………⁉」

しかし、ブレイン王はゴミを見るような目で俺を一瞥しただけで、目を背けた。

クソ……やはり俺の話など聞くには値しないということか……⁉

「き、聞いてください！　俺はハメられたんです！　あのマクロとかいうクソ野郎に……！」

必死にそう叫んだものの、王は眉一つ動かさない。

王の代わりに、ベシュワールが俺に問いかける。

「ほう？　では証拠は？」

「そ、その証拠に……あいつは勇者の立場を利用して、好き勝手やってるじゃないか！　お、俺は看守にもそう聞いたんだ……！」

散々いたぶられながらも、看守からそのあたりのことを聞き出していた。

だが、ベシュワールは俺の言葉を一蹴する。

「ふん、貴様は一度我々を……国民を裏切った！　乏しいステータスで勇者を騙り、多大な損害を及ぼした！　そんなお前の言葉を、誰が信じると思う⁉」

「っく……だ、だったら……あのマクロは信用できるのか……⁉　あいつは俺を陥れたクソ野郎なんだぞ……！」

「マクロ殿は勇者の職務を非常に見事にこなしてくれている。今のところ何も問題はない。彼こそが真の勇者だったのだ……！」

「そ、そんなはず……」

……駄目だ、まるで話が通じない。

もしかしてこいつ……マクロに買収されているんじゃないか⁉

これまで俺は自分の告発を信じてもらえると思って、それだけを希望にしてきたのに。

くそ……あきらめてたまるか……！

「それにな、仮に貴様の言っていることが正しかったとして、マクロ殿がお前をハメて勇者に成り代わったのだとしよう。だが、それで貴様の処刑は変わらない」

「な………っ！」

「貴様が無能でもはや用済みなのは事実。それに貴様がゴブリンを連れてきてしまったせいで村に被害が出たのも事実だ。ここに集まった国民たちの怒りは、処刑以外ではおさまらない……！　無駄なあがきはやめるんだな」

「つぐっそっぞおおおおおお！！！！」

俺は涙ながらに叫んだ。

そうか……俺は、最初から、詰んでいたのだ――

ベシュワールめ……俺をどうやっても殺す気らしい。

いいさ、だったら死んで呪ってやる。

ベシュワールを、そしてマクロを……！！！！

やつらを破滅させるまで呪ってやるさ……！

「いいからさっさと殺しましょう。皆、待ちくたびれていますよ」

そう言い出したのは、ほかでもないマクロだった。

これ以上俺に騒がれると不利と判断したのか、俺をさっさと消したいらしい。

「っくっそおおお、マクロおおおおお……！！！！」

マクロの言葉に急かされるように、ベシュワールが処刑人に命じる。

「ナメップ・ゴーマンの処刑を許可する。やれ……‼」

「はい……！」

そして俺は断頭台に頭をのせられ……

大きな刃が頭上に下りてくる――

――ッス……‼

俺は恐怖のあまり、目を瞑って思考を空にした。

◇

エレーナを追い返した僕――アレンは、あの後すぐにミネルヴァと共に王都へと馬を飛ばした。

僕らが到着すると、王都はとんでもない騒ぎになっていた。

街中の人々が中央の広場を目指して、ごった返している。

出店なんかも出ていて、一種のお祭り騒ぎだ。

「あの……何かあったんですか？」

僕はその辺にいたおじさんに聞いてみた。

「ああ、今日は処刑が行われているんだ」

「え……！　処刑……？」

「そうだ。力もないくせに実力を偽って勇者になろうとした、舐め腐ったやつがいたらしい」

「ま、まさか……！」

その人物には心当たりがある。

ナメップ・ゴーマン――僕を追放した、元勇者だ。

僕たちは急いで中央の広場を目指した。

「やっぱり……！」

広場までたどりつくと、そこには断頭台にかけられ、今にも処刑されようというナメップの姿があった。

活気にあふれていた以前の彼とは違って、今の彼は、薄汚れてやつれ、別人のように惨めな格好だ。

その回りでは、立派な身なりの王様や国の重鎮と思しき人たちが、冷ややかな目で刑の執行を見守っている。

「アレン、どうするの……!?」

ミネルヴァが小声で尋ねた。

「どうするって……なんとかしなきゃ……！」

「まさか、ナメップを助けるの……？」

「うん……彼はひどい人物だけど、さすがにこんな最期はかわいそうだよ……迷惑をかけた人たちにきちんと謝罪して、別の形で罪を償ってほしい」

「アレン……本当、優しいわね」

僕はもはや、それほどナメップを恨んではいない。

確かにナメップは最悪な性格だけど……一応元パーティメンバーだし、やっぱり目の前で殺されるのは僕としても寝覚めが悪い。

死ぬならせめて僕のあずかり知らないところにしてほしい。

僕が付与を解除しなければ、彼はこうはならなかったはずだ。

僕がまだ自分の強さに気づいていなかったころ、妹に仕送りを続けられたのは、一応はパーティメンバーがいたおかげだ。

だから、せめてその恩だけは返しておきたかった。

ナメップを助けることで、あのパーティと決別するんだ。

だから助けるのは一度きり。

それでナメップが僕の助けを拒んだら、そのときはそのときだ。

「でも、どうやって……!?　今から王様に直訴するの……？」

「いや、そんな時間はない」

今僕が急に出ていっても、火に油を注ぐだけだろう。

国民の怒りは収まらないし、マクロにも気づかれてしまう。

なんとか誰にも気づかれずに、ナメップの処刑を阻止したいんだけど……

そうこうしているうちに、処刑の合図が鳴る。

このままじゃ、ナメップは目の前で無残に斬首されてしまう……！

「そうだ……！」

僕は限界まで断頭台に近づいて……

ナメップにも、マクロにも気づかれないように、死角から狙いを定める。

「えい……！」

僕はナメップに向けて、いくつかの付与術を放った。

まずは【防御力強化】、【敏捷強化】、それから【自動回復付与】、【滋養強壮付与】など、今のナメップに必要な付与を積んでおいた。

【攻撃力強化】の付与も少しだけ与えておこう。

防御力は、限界まで上げる……！

「これでどうだ……!?」

付与が完了するとほぼ同時に、ナメップの頭上に刃が下りてくる——!!

◇

【Side：ナメップ】

「あああああああああああああああ！！！！」

もう終わりだ。

俺の頭上に、巨大な刃が振り下ろされる……！

そう覚悟を決めて、目を瞑った。

しかし――

――キン‼

「は…………？？？？」

その場にいた誰もが、一瞬、何が起きたのか理解できなかっただろう。

なんと、俺の首にぶちあたった刃が――刃の方が、折れてしまったのだった。

「ど、どういうことだ……？」

意味がわからなかった。

だが、とにかく俺は生き残ったのだ。

ベシュワール含め、処刑を取り仕切っていたやつらが呆気にとられている。

その隙を、俺は見逃さない。

「うおおおおおおおお！！！！」

俺は兵士をふりはらって、その場から逃げようとした。

「あ、おい……！　待て……！」

なぜだろう。以前、俺がまだ勇者としてふさわしい力を持っていた時のような……あのころの力が蘇ったかのようだった。

いや、それ以上に今の俺は強い気がする。

「はっはっは……！　逃げるんだよおおお!!」

俺は兵士や群衆を飛び越えて、あっという間に街を抜け出した。

足の速さもとんでもないことになっている。

「くそ……!?　どうなっているんだ……!?」

マクロやベシュワールの悔しがる声が聞こえてくるようだった。

とにかく、俺は生き延びたのだ。

なぜかケツの痛みも、今はあまり感じない。

俺はしばらくの間、森に潜むことにした。

◇

「ふぅ……なんとかなったみたいだね……」

とりあえず、ナメップは処刑されずに済んだみたいだ。

僕が陰から付与したことも……バレてないよな……？

「でも、本当によかったのかな……」

隣にいるミネルヴァが、不安げに呟いた。

「何が……？」

「だってあのナメップよ？　助けたって、これから何をするかわからないわ」

「うーんまあ、そうだね。でも、僕は彼がこれから心を入れ替えるって信じているよ。散々痛い目にあっただろうしね」

「もう、アレンは本当、どこまでも人を信じてるのね……そういうところが好きよ」

「ミネルヴァ……ありがとう」

とはいえ、ナメップが今後どうなるかまでは僕は知らない。

僕の知っているところで死ななければ、それでいい。

そりゃあ、できれば心を入れ替えて、まっとうに生きてほしいけどね……一応、あれでも元パーティメンバーで、長い付き合いだし。

「でも、ナメップがアレンの付与でまた力を得たら、ろくでもないことになるんじゃない？」

「ああ、それなら大丈夫。付与はもう解除したから。これでもう悪さはできないはずだよ。彼は虫の息だしね。とにかく、これで反省してくれればいいけど……」

「そう……ならよかった。死なない程度に苦しめば、彼も心を入れ替えると思うわ」

「じゃあ、僕たちもこの場を離れようか。マクロに見つかると厄介だ」

ナメップが逃げ出した混乱に乗じて、僕たちはその場を離れた。

マクロの焦(あせ)っている顔が見られたのは、少しざまぁ見ろって思えたかな。

「早くゆっくりしたいし、宿でも探しましょうか……」

広場を抜けたところで、ミネルヴァがそう提案した。

まあ、これだけの民衆が集まっていたら、宿は見つからないかもしれないけどね……

「でもその前に……ちょっと僕だけでやることがあるんだ」

「わかった、先に宿探しておくね？」

「うん、頼むよ」


ミネルヴァと別れた僕が向かった先は、王都付近の森の中だった。

どうしても、ナメップに話をしておきたかったのだ。

この辺で人目を避けて身を隠すならこの森だろうと、当たりをつけて捜したところ……案の定、茂みの中に潜むナメップを見つけた。

「ナメップ……！　待て！」

僕が声をかけると、ナメップはまるで死人を見たかのように驚いた。

「お、お前は……！　アレン……!?　なんでお前がここに」

「久しぶりだね、ナメップ。実は、さっき君を助けたのは僕なんだ」

「はぁ……？　なんでカスのお前が俺を助けることができるんだ？」

「君の力は全部僕の付与によるものだ。そしてさっきのもそうだ。君の力がなくなっていたのは、僕がそれを解除したからなんだ」

僕はただ、真実をそのまま伝えた。

ナメップには受け入れがたいだろうけど……そう話すしかなかった。

「はっはっは！　大嘘つきめ！　無能付与術師のてめえに、そんなことできるわけないだろうが！」

僕の話を聞いたナメップが、苛立ちを露わにする。

「でも、本当なんだよ！　証拠を見せたっていい！」

「うるせえ！　俺に指図すんじゃねえ！　そんなホラ話はどうでもいい。何か用があるならさっさとしやがれ！　俺は今から逃げなくちゃならねえ。それともなんだ？　俺を捕まえにでも来たか？　だったら痛い目を見るだけだぜ」

まったくこの人は……変わらないな……

あれだけの目にあって、多少は心を入れ替えてくれることを期待してたんだけどな……

というか、僕が助けたのに、自分で捕まえるわけないじゃんか。

「だったら単刀直入に言うよ？　今から一緒に戻って、みんなに謝ろう」

「はぁ……？　なに寝ぼけたこと言ってんだ？　戻ったら処刑されるだろうが」

「それはさせない。僕の付与術でね。だから戻って、みんなに謝るんだ」

「なんで俺がそんなこと……」

「王様や国民、村の人たち、君が迷惑をかけた人に誠心誠意謝れば、どうにか処刑は許してもらえるかもしれない……こうなってしまって、とても残念に思っているんだ。だから一緒に戻ろう！　君が本気で心を入れ替えるなら、僕はその更生に協力するつもりだ。だから……君を生かした」

僕にできるのは、ここまでだった。

犯罪者として捕まった彼は、もちろん罪を償うべきだ。

でも、せめて処刑じゃない形で……それがせめてもの情けだ。

だから、僕はこうやって彼になんとか語りかける。

だけど、どうやらその言葉は届かないようで――

「うるせえ！　お前のようなゴミの言うことを、なんで俺が聞かなきゃならねえ！　せっかく逃げられたのに戻る馬鹿がどこにいるんだよ！」

「大丈夫、きっと正直に話せばみんなわかってくれるはずだよ！　君の力がなくなった事情も、説明すれば許してもらえるかもしれない！　もし改心するなら、僕がまた付与をしてもいい……！」

「黙れ！　これは俺の実力なんだよ！　これが俺の才能だ！　お前の付与なんて二度といらないね……！」

「くっ……ここまでしてもダメか……そうか、君はそういうやつだったね……」

「もういいか？　金輪際(こんりんざい)俺に関わるんじゃねえぞ、雑魚」

本当は、ナメップにも心を入れ替えてほしかった。

だから、こうして一度はチャンスを与えた。

だけど、ここまで酷い人間なら、仕方がない。

もう僕には救えないようだ。

手は差し伸べた。それももう、ここまでだ。

「そうか……君には何を言っても無駄なようだね。だったら、やっぱりこのまま兵士に引き渡すしかなさそうだ」

「はぁ……？　やれるもんならやってみろよ！　お前みたいな雑魚が俺様を止められるわけないだろ？」

「それじゃあ、遠慮なく！」

僕はナメップの腕を思い切りつかんで、へし折った。

「ぎやああああああああ!?　なんだこの力!?　雑魚のアレンのくせに！　ぐぞおおおおお！！！！」

「もう僕は昔の僕とは違うんだ！　さあナメップ、おとなしく裁きを受けろ！」

僕はそのままナメップを羽交い絞め（はがいじめ）にして、捕縛（ほばく）した。

あとはこのまま兵士に突き出して、ちゃんと法律によって裁いてもらおう。

「くそおおお！　アレンのくせに！　放せ！」

「さあ、行くんだナメップ！」

僕はそのまま街に戻り、ナメップを兵士に引き渡した。

せっかく助けたのに……彼は心を入れ替えるどころか、再び自分の力を勘違いして、舐めた行動に出た。

度を超えて愚かな人間は、善人がいくら手を差し伸べても、自らそのチャンスをふいにするのだ。

8　最強の付与術師

【Side：マクロ】

そうだ……！　王を暗殺しよう。

ナメップを失脚させ、勇者としての立場を盤石(ばんじゃく)にした僕――マクロの脳裏には、そんなとんでもない考えが渦巻(うずま)いていた。

もともと、邪魔なのはブレイン王だけなのだ。

ベシュワールたちは丸め込めたから、王だけを消せば、あとは僕の好き放題だ。

僕はさっそく、ベシュワールを呼びつけて、計画を話した。

「おい、ベシュワール。共に王を暗殺しようじゃないか……」

それを聞いたベシュワールは、顔を青くする。

「ゆ、勇者殿……！　め、滅多なことを口にするものでは…………ほ、本気なのですか？」

「ああ、僕は本気だ。それに、お前にとっても悪い話ではないだろう？」

「ええ……私も何度か考えはしました……ですが……」

逡巡（しゅんじゅん）するベシュワールの肩を叩き、念押しする。

「まあ、僕にまかせておけ。悪いようにはしない」

基本的にこの国では王座を継ぐのは男子だ。

王が崩御（ほうぎょ）すれば、自動的にその息子が王座に就くことになる。

ブレイン王には、娘と息子が一人ずついるが、息子はまだ幼い。

そうなれば、ベシュワールが宰相（さいしょう）になり、あとは僕らの好き勝手にできるというわけだ。

「我ながら恐ろしい計画だ。ふっふっふ……」

王さえいなければ、僕に口出しできる者はいなくなるからな。

あとは法律を変えて、僕が永久に勇者でいられるようにすればいい。

あるいは、僕が無理やり王になってもいいだろう。

王の娘を孕ませてやるのもいいかもしれない。

とにかく、この国は僕のものになるんだ。

いずれはこの計画を実行に移そうと思っていたが、きっかけをくれたナメップには感謝だな。

「おい、ベシュワール。なんとかしてこの毒を王に飲ませろ」

僕は毒の入った小瓶を目の前で振る。

ベシュワールはそれを不安そうに受け取り、懐にしまった。

「はい……ですが、バレたりはしませんかね？」

「大丈夫だ。毒を検知する魔道具の効果が及ばないほどのごく微量でも、効果を発揮する。それに、これは遅効性の毒だからな。飲んですぐどうにかなるわけじゃない。じわじわと時間をかけて身体を蝕（むしば）んでいき……まあ、一週間もあれば死に至る。周囲には、持病が悪化した程度にしか思われないだろう。誰もお前を疑ったりしないさ」

「なるほど……！　その場では殺さないわけですね！　さすがです！」

その場でベシュワールが疑われることもないし、体調を崩して一週間程度で死に至るなら、誰も何もできまい。気がついたときにはもう手遅れだ。

これでチェックメイト。

僕の勝ちだな、がっはっは！

◇

逃げたナメップを引き渡してから数日、僕は王都を回っていろいろ策を考えた。

マクロの悪事を告発するために、なんとか王様に謁見できないかと思ったけど、なかなかうまくいかなかった。

街を歩きながら、新たな作戦をミネルヴァと話し合う。

「ねぇアレン、これからどうやってマクロを追い詰める？」

「そうだなぁ、あ……！　そういえば、僕にいい手がある！」

僕はミネルヴァに次の行き先を提案した。

それは以前僕が助けた、イリスさんというご令嬢の家だった。

僕が最初にレベルアップしたときに、モンスターに襲われていた馬車に乗っていたあの美人さんだ。

イリスさんは貴族のようだったし、教えてもらった家の場所も王都のものだった。

もしかしたらだけど、イリスさんに話をすれば、力になってくれるかもしれない。

僕たちがいきなり王様に話したいと言っても、当然門前払いされるだろうけれど、彼女はどうやら高名な貴族のようだし、なにか方法があるかもしれない。

イリスさんはぜひお礼をしたいとも言ってくれていたしね。

「っていうことで、イリスさんの家を訪ねようと思うんだけど、いいかな？」

僕が確認すると、ミネルヴァはジト目で見てくる。

「ねえアレン……？　そのイリスさんっていうのは女の人……？」

「え……まあ、そうだけど」

「ふーん……」

「い、いや……なんにもないから……！」

あきらかにミネルヴァが嫉妬心を燃やしている。

イリスさんはかなりの美人さんだし、実際に会ったらヤバそうだ……

でも、僕からすればミネルヴァのほうが可愛いし、大好きだ。

イリスさんとは先に出会っているとはいえ、別に何もなかったわけだしね。

「……で、ここが教えてもらった場所なんだけど……え……？」

僕たちがやってきた場所は、想像していたお屋敷よりはるかに大きなものだった。

っていうか……お城……？

「あれ？　こ、ここって……王城だよね……？　え……？」

不思議に思ってキョロキョロしていると、門番らしき兵士が僕に声をかけてきた。

まさか、怪しまれてどこかに連れていかれるんじゃ……!?

「おお！　あなたはアレン殿ではありませんか？」

「え!?　ど、どうして僕を……？」

「イリス様から話は聞いております。アレン殿の特徴どおりのお方です！　ささ、どうぞこちらに」

「は、はぁ……」

イリスさんは近くに来ればすぐにわかると言っていたけど、こういうことか。

まさかこんなふうに出迎えられるなんて……

門をくぐってしばらく行くと、見知った顔が現れた。

あの時イリスさんのそばにいたメイドさんだ。

「まあ、アレン様！　約束どおり訪ねてきてくださったんですね！」

「ええまあ、っていうか……ここ、お城ですよね……？」

「はい、その通りです。騙すような形になってしまって申し訳ございません。これを言うと驚かせてしまうと思って……そう、何を隠そう、イリス様こそ、この国のお姫様なんです」

「えええええええ……！？！？！？」

じゃ、じゃあイリスさんって……あのブレイン王の娘ってことなのか……!?

それには正直かなりびっくりしたけど、考えようによっては、これはラッキーなんじゃないか？

王の娘ってことなら、もしかしたら頼めば王様に話をしてもらえるかもしれない。

うまくいけば、ミネルヴァの証言でマクロを追い詰めることができるぞ。

「えっと、じゃあ、イリスさんは？」

さっそく取り次いでもらおうと尋ねるが、メイドさんは口ごもる。

「それが……今イリス様はちょっと……」

「え？　何かあったんですか？」

「いえ、イリス様には何もないんですが……」

メイドさんはとても言いにくそうに、僕たちだけにこっそり話してくれた。

「実は……今王様が倒れてしまっていて……」

「えぇ……!?　そんな……！」

このことはまだ、城の兵士たちも知る者は少ないそうだ。

「イリス様は泣きながら部屋にこもっていらっしゃって……」

「それは大変だ……」

王様に何かあったら、それこそ勇者であるマクロを誰も止められなくなる。

それに、イリスさんを悲しませるわけにはいかない。

ここは僕たちにできることをしなきゃ！

「メイドさん、僕がなんとかします！　やらせてください……！」

僕が頼むと、メイドさんが困惑の表情を浮かべる。

「え……!?　アレン様がですか？　アレン様はお医者様なのですか？」

「いえ、僕たちはただの付与術師です。だけど、きっと力になれます……！」

僕の熱意が伝わったのか、メイドさんがイリスさんの部屋の前に案内してくれた。

王様に僕が直接治療を施すには、イリスさんの許可と付き添いが必要だ。

「イリスさん、お久しぶりです……！」

「え!?　ア、アレンさん……!?」

ドア越しに呼びかけると、返事があった。

「すみませんアレンさん、今はちょっと人前に出られなくて……ぐす……」

イリスさんは部屋の中でまだ涙を流しているようだった。

そりゃあそうだよね……お父さんが倒れているんだし……

でも、僕の付与術でなんとかできるかもしれないんだ！

「イリスさん、開けてください！　王様を……お父さんを、なんとか元気にできるかもしれません！」

「無理ですよ……国一番の医師にも、もう手遅れだと言われました……」

「大丈夫です！　ついこの前、医師が投げ出して手の施しようがなかった病気を、自分たちで治したところですから！」

「え……？　ア、アレンさんが……？」

イリスさんはしばらく経ってから扉を開けて、おそるおそる出てきてくれた。

泣きやんではいるが、まだ涙で目元を赤く腫らしている。

「アレンさん、アレンさんってお医者さんだったんですか……？　あんなに強いのに……？」

「いえ、僕はただの付与術師です。でも、この際それは気にしなくていいので、とにかく今すぐに王様のところへ案内してください！」

「は、はい……！　よろしくお願いします！」

僕とミネルヴァはイリスさんに案内され、王様の病室へと向かう。

イリスさんは僕の後ろを歩くミネルヴァに気づきはしたものの、状況が状況なので、何も尋ねてはこなかった。

「ここです、どうか父を助けてください！」

「もちろんです！」

病室に入ると、広い部屋の真ん中に天蓋付きの立派なベッドが鎮座していた。その中で男性が一人、静かに目を閉じている。

ブレイン王だ。広場で見かけたときとは打って変わって、顔は青白く、ずいぶん弱々しい。

さっそく僕とミネルヴァで、ブレイン王の治療に取りかかる。

ミネルヴァのお父さんや僕の妹にやったのと同じ手順で付与をかけていく。

「うう………」

「お父様……！」

呻き声を漏らしたブレイン王の手を握り、イリスさんが声をかける。

どうやらブレイン王はなんとか意識を取り戻した様子だ。

だけど、まだどこかしんどそうにしている。

あれ……？　今まではこの手順でかなり元気になっていたのに、おかしいな……

ま、まさか……病気じゃないとか!?

「ちょっと待ってください……！　もう一度別の付与をかけます！　ただ……これが効くということは少しショッキングな事実が明らかになるかもしれないので、落ち着いてくださいね……」

「え………？」

僕はイリスさんにそう断りを入れたあと、別の付与を試してみる。

そう、僕が付与するのは――

「【毒耐性付与（強）】――!!」

付与を受けたブレイン王はみるみる顔色も良くなって、完全に生気を取り戻した。

「おお……！　嘘みたいに身体が軽くなったぞ……」

「良かった！　お父様……！」

喜んで王様に抱きついたイリスさんだったが、さきほどの話を思い出したのか、その表情が曇る。

「アレンさん……これは……」

「そうです。【毒耐性付与】をかけなければいけなかったということは……つまり、そういうことです」

「誰かが……父に毒を盛ったと」

「残念ですが、それしか考えられません」

王様ともなれば、いろいろと狙われてもおかしくはない。

だけど、ブレイン王は人望も厚い王様だと評判だし、いったい誰がそんなことを……

まさか犯人はマクロじゃないだろうな……!?

だとしたら、なおさら早く彼を止めなきゃならない。

「イリスさん、犯人に心当たりは？」

僕が尋ねると、イリスさんは首を横に振る。

「いえ……ですが、必ず犯人には償わせます！　皆の者、急いで毒の出所を調べなさい！」

イリスさんの命令で、使用人たちが一斉に散らばる。

さすがは一国のお姫様だ。

ようやく起き上がれるようにまで回復した王様が、ベッドから立ち上がり、僕に頭をさげた。

「君が私を助けてくれた医師か……なんと礼を言っていいか……」

「あ、頭を上げてください王様！　それに、僕は医師ではなく、ただの付与術師のアレンです」

「なに……!? 付与術師のアレンだと?」

王様は僕の名前に驚いてイリスさんのほうを見た。

どうやら以前のことを王様にも話していたみたいだね。

「そうか、君が娘を助けてくれたアレンくんだったのか……娘だけじゃなく、私までも助けられてしまったな……ますます君に頭が上がらない……」

「い、いえ……! 僕は当然のことをしたまでです! それに、王族の方を助けられて光栄です!」

「改めて礼をさせてほしい。今晩はぜひ夕食を一緒に食べよう」

「こ、光栄です……!」

「なんなら、うちのイリスと結婚して、この国を継いでくれてもいいぞ! はっはっは!」

「えぇ……!?」

「ははは、冗談だ。困らせてしまったかね」

どうしよう……なんだかすごく大事(おおごと)になっちゃったな……

でも、運よく王様と直接話す機会が得られた。これでマクロはもう追い詰めたも同然だ。

あとは王様に毒を盛った犯人が見つかればいいけど……

「ところでアレンさん。さっきからそちらの女性が気になっているのですが……紹介してくださいますか?」

イリスさんが僕の後ろで黙っているミネルヴァを視線で示し、藪(やぶ)から棒(ぼう)に聞いてきた。

僕は何も考えず、正直に口にする。

「ああ、彼女はミネルヴァ。僕と同じ付与術師で、僕の彼女です」

「か、彼女さん……そ、そうですか……そうなんですね……ぐぬぬ……」

なぜだかイリスさんがものすごく悔しそうにミネルヴァをにらみつけている。

対するミネルヴァは、申し訳なさそうに……なんて全然していなくて、堂々と僕に腕を絡ませてくる。

「と、とりあえず……皆さんでお食事でも……」

と、ピリピリした空気をなんとかなだめてくれたのは、イリスさんの専属メイドさんだった。

えぇ……なんだか厄介なことになりそうだけど……

これからどうなっちゃうんだ……!?

◇

僕たちは今、王城にある応接室で食卓を囲んでいた。

応接室とは言ったものの、広間と言って差し支えないくらいの巨大な部屋で……どんだけ広いんだ、お城。

食卓には王様を中心に、イリスさん、僕、ミネルヴァが座っている。

めちゃくちゃ大きなテーブルに僕たちだけだから、なんだか寂しくも思える。

料理も食べきれないほどの量が並んでいた。

「さあさあアレンくん、たくさん食べてくれ。もちろん、娘のことも食べてもらっていいぞ」

「もう！　お、お父様……!?」

「はっはっは、冗談だ」

ブレイン王はそう言って笑う。でも、さっきから謎の圧力を感じるんだけど……!?

というか、ミネルヴァとイリスさんも、バチバチに視線でやりあっている。

僕はミネルヴァ一筋（ひとすじ）だから、こういうのはちょっと困っちゃうな。

お姫様を邪険に扱うわけにもいかないしね。

そんな微妙な空気の中、僕は本題を切り出す。

「そ、それよりも……！　王様にぜひお話ししたいことがあります！」

「おお、アレンくんの話ならなんでも聞こうじゃないか」

「ありがとうございます。実は……」

僕はブレイン王に、これまでに僕とミネルヴァが経験してきたことをかいつまんで話した。

まず、僕が元勇者であるナメップに追放されたこと。

それからマクロがミネルヴァを殺そうとしたこと。

マクロについて知っている悪事はすべて告発した。

彼がナメップを陥れた件や、エレーナから聞いた話も全部だ。

ブレイン王は食事の手を止めて天を仰ぐ。

「なんと……そうだったのか……くそ、そんなことに気づかないなんて……私の目は完全に節穴（ふしあな）

だった……」

「信じていただけるんですか！」

「もちろんだ。命の恩人であるアレンくんの話なら、嘘はないだろう。それに、そちらのミネルヴァさんの証言もある。できれば裁判にはそのエレーナという女性にも来てもらいたいところだが……とりあえず、勇者マクロを拘束しよう」

「ありがとうございます……！」

はじめは王様になんと伝えればいいか心配だったけど、どうにかなったみたいだ。

これでマクロは実質終わりだね。

王様の命令で、信頼できる兵士がマクロのもとへと派遣された。

それと入れ替わるように、別の調査をしていた兵士が応接室に駆け込んできた。

「報告します！　王に盛られていた毒の出所をたどったところ、ベシュワール殿の関与を示す証拠が出ました。たった今、ベシュワール殿の拘束と、家宅捜索に動いているところであります！」

「なに……!?　ベシュワールだと……そんな……まさか私の側近が……」

どうやら王様を暗殺しようとしていたのは、ベシュワールという王の側近のようだね。

信じていた人に裏切られるショックは、僕もよく知っている。

僕も昔はナメップのことを信じていたのに、裏切られ、失望させられた。

「ありがとう、アレンくん。君のおかげでこの国の穢（けが）れが一掃できそうだよ。命を助けてもらっただけじゃなく、君はまさに救国の英雄だな！」

ブレイン王は僕の手を取って感謝の言葉を口にする。

「そんな……！　大げさですよ……！」

「また改めて、さらなるお礼をしないとな。君のためならなんでも用意するから、まあ考えておいてくれ」

「あ、ありがとうございます……」

マクロとベシュワールは捕らえられ、牢につながれることになるはずだ。

彼らもナメップのように処刑台に送られてしまうのだろうか。

ベシュワールの場合は王を直接殺そうとしているわけだし、ナメップよりも大罪だもんね……。

でも、元仲間のマクロの扱いについては、ちょっと気にしてしまう。

なんとか彼が罪を認めて、償う姿勢を見せてくれれば、僕もフォローできるんだけどね……。

はてさて、どうなることやら。

◇

【Side：マクロ】

――ドンドンドン‼

朝、僕――マクロは部屋のドアを叩く音で目を覚ました。

「勇者様……⁉」

隣に寝ている女が不安そうに僕を揺さぶる。

いったい誰がなんの用だ……

ベッドに寝ている有象無象の女たちをかきわけて、僕はしぶしぶ扉を開けた。

「ちっ、勇者である僕をたたき起こすとは、いい度胸だ」

文句を言いながら扉を開けると……そこにいたのは、複数の武装した兵士だった。

「マクロ・クロフォード、お前を逮捕する……！　お前には殺人、詐欺、国家転覆など様々な容疑がかかっている」

「は………？」

一瞬、自分が何を言われているのかわからなかった。

なぜ、勇者である自分が、そんな容疑をかけられているのか……？

混乱する僕の腕に、手錠がかけられる。

「おい……！　なんの真似だ！」

僕はそれを力ずくで振り払おうとするが、どうにも身体に力が入らない。

くそ……弱体化と魔力弱化が付与された魔道具か……⁉

「いろいろな証言があがっているんだ！　お前はもう勇者ではない！」

「なんだと⁉　ふざけるな！　いったい誰がそんな……」

はっ……⁉

まさかエレーナが……⁉

いや、そんなはずはないじゃないか。

ナメップ……⁉　いや、それも考えられないだろう。

今のあいつらが王に謁見など、可能なわけがない。

「アレン殿とミネルヴァ殿の告発と証言により、裏はとれている！」

「はぁ……⁉　あ、ああああ……アレンだと……⁉　それに、ミネルヴァ⁉」

僕は心臓が喉から飛び出るかと思うほど驚いた。

だって、アレンといえばあの……クソ雑魚で情けない、どうしようもない付与術師のアレン・ローウェン⁉

なぜ、ここでやつの名が出てくる……？

アレンは僕がナメップに追放させて、そのまま落ちぶれていったはずでは⁉

あんな付与術師一人に何ができるっていうんだ⁉

それに、ミネルヴァだって、僕がダンジョンの奥地に追放した。

あそこはドラゴンも出る高難易度ダンジョンで、絶対に生きて帰れない。

いったい、何がどうなっている……⁉

頭がどんどん真っ白になっていく。

今まで築き上げたものが、一瞬でバラバラと崩れ去っていくのを感じる。

「い、意味がわからない！　なんでアレンなんかの証言が、勇者であるこの僕の言葉よりも重要視されるんだ！　お、王様はイカれてるんじゃないのか……⁉　あんなやつ、一人だと何もできない底辺冒険者だろ！」

「アレン殿はブレイン王とイリス姫の命の恩人でもあり、この国の救世主だ！　貴様は侮辱罪も追加だな。連れていけ！」

「くそ……！　おい！　放せよ！　どういうことだ……！」

僕は暴れて抵抗するが、兵士たちに囲まれてどうすることもできない。

そしてそのまま、わけもわからず牢獄に連行されるのだった。

くそ……どこで、どこで僕は選択をミスったんだ……⁉

◇

そして、僕は牢獄にぶち込まれた。

その向かい側につながれていたのは、見知った人物だった――

「べ、ベシュワール……⁉」

「ああ……マクロか……ふん」

まさか、ベシュワールと共謀（きょうぼう）して王に毒を盛ったことまでバレたのか……⁉

いや、僕とベシュワールとの関係性は、まだ誰も知らないはずだ……

「おい、ベシュワール！　お前が何かしゃべったんじゃないだろうな⁉」

「っは……！　何を今更！　私もお前も、もはやこうなればおしまいだ！　すべてしゃべったさ！　そりゃあ、痛い拷問はごめんだからなぁ！　どうせ処刑されるなら、速やかにくたばりたいね」

「貴様ぁ‼　裏切ったなぁ……！！！！」

「裏切るも何も、私はお前の部下になどなった覚えはない！　ただ利害が一致していただけだ！」

「くそおおおお！　殺す！」

「はっは！　そこからか？　やれるものならやってみろ。まあ、どの道、私もお前も処刑される運命だ！」

僕はその場で絶望と屈辱にまみれながら、絶叫した。

地面を何度も殴りつけて、後悔の念に浸る。

くそ……！　絶対に、みんな許さない‼

◇

僕——アレンはマクロのつながれている牢屋へ向かっていた。

もちろん、彼のやったことは許されない。

だけど彼にも改心の機会を与えたかった。

そしてそれで彼との関係は決別だ。

もし彼が僕の助けを拒んだら、それはもう僕のあずかり知るところではない。

「お、お前は……！　アレン⁉　どういうことなんだよ‼」

マクロもナメップと同じように、僕の登場に心底驚いていた。

自分が無能だと切り捨てた相手が、こうして自分を追い詰めに来たのだ、そりゃあ驚くに違いない。

僕はそんな彼を諭すように問いかける。

「マクロ、心を入れ替える気はないか？　もしかしたら、処刑は免れるかもしれない」

彼の反応はナメップのときとは逆だった。

「ほ、本当か……⁉　ここから出してくれるのか⁉」

「ああ、その代わり、君には償いをしてもらうよ？　国のために、精いっぱい尽くすんだ」

「わ、わかった！　なんでもする！　だからなぁ！　許してくれよ！」

そう言って、マクロは涙目で懇願する。

「うん、君がその気ならわかった。僕から王様に話をつけよう」

よかった、マクロはちゃんと心を入れ替える気になってくれたようだ。

僕は王様から許可をもらって、彼の手錠を外してやる。

しかし、マクロの腕から手錠が外れた次の瞬間――

なんと彼は僕に襲いかかってきた！

……はぁ、本当にどうしようもないな。

「馬鹿め！　僕が素直にお前なんかの言うことを聞くとでも思ったか⁉　油断さえしていなければ

こっちのものだ！」

　マクロは豹変して、僕に魔法を放つ！

「【火炎延焼弾（オメガフレア）】――!!」

　だが、もちろん彼が嘘をつくことなんかも想定内だ。

　その魔法は、僕の身体には傷一つつけずに、マクロ本人に跳ね返る……!!

「ぐあああああああああ!?　ど、どうして……!?」

　自らは放った炎に身を焼かれ、マクロが苦悶の声を漏らす。

「あらかじめ、【魔法反射付与（まほうはんしゃふよ）】をかけておいたんだ。念には念を入れてね」

「ぎゃあああああ！　くそ……！　僕を信用していなかったのか!?」

「そりゃあそうだよ。実際、君は裏切ったしね。まあ、できれば改心してほしかったのは事実だけど……」

　だけど、これだけこちらが手を差し伸べているのに、まだ悪あがきするのは、もうどうしようもないよね……

　ナメップもマクロも、結局はみんな自分のことしか考えていない、浅はかな人間なんだ。

「ぎやあああ！　燃える……！　死ぬうううう！」

「自業自得だよ」

　僕はマクロの身体から火を消し去った。

【耐熱付与（たいねつふよ）】をかけて、それを一瞬で解除する。

マクロの身体は大やけどして、ものすごく痛そうだ。

「死ぬうううう！　助けてくれ！　いっそ殺してくれええ！」

「いや、僕は君を殺さない。君はまだ苦しんで罪を実感するべきだ。そして、ちゃんと裁判で裁かれて、罪を償ってくれることを願っているよ……君はおそらく処刑だろうけどね……元仲間として、こんなことになって残念だ……」

まあ、マクロは元からそういう人間だったのかもしれない。

仲間だったときに気づかなかっただけで、彼ははじめから悪人だった。

きっとこのあと彼は裁判にかけられ、そこで処刑を言い渡されるだろう。

ここまで手を差し伸べて駄目なら、僕にはもうどうすることもできない……拒んだのはマクロ自身だ。

マクロはベシュワールと共謀して王様を手にかけようとしたんだからね……国や王様が許さないだろう。

それに、彼は以前ミネルヴァにもひどいことをした。僕は何よりもそれが許せなかった。

「じゃあ、僕はもう行くよ。本当に残念だ。もう二度と会わないだろうけど、ちゃんと反省してくれると嬉しい……僕は君がミネルヴァにしたことを忘れてないからね……このままここにいると、本当に殺してしまいそうだ……」

「ぐぞおおおお……!!　アレン……!!　殺す……！！！！」

僕はマクロの牢獄の扉を固く閉じた。

9　執行の日

【Side：マクロ】

「くそがあああああ!!　アレン!!」

アレンが去ったあと、僕――マクロは牢獄の冷たい床でのたうち回っていた。

やつに多少の治療を施されたとはいえ、まだ自分の炎魔法で負った傷が痛む。

なぜ僕はこんなに惨めな思いをしなければならないのだろうか。

アレンのくせに、僕に改心の機会を与えるだと!?　ふざけるな!

「絶対に復讐してやる……!!」

その後も僕は痛みと屈辱に耐え、冷たい牢屋の中で過ごした。

しかし、本当の地獄は、そこからだった。

一応、僕は死刑ということになったらしい。

だけど、それはいったいいつ執行されるんだ……?

逃げ出すチャンスがあるとすれば、処刑台に送られるタイミングしかない。

だが、あれから一向に看守の一人すら現れないのだ。

向かいの部屋にいたはずのベシュワールも、どこかへ移送されてしまった。

というか……ベシュワールはすでに処刑されたのか？

わからない……

もちろんその間、僕への食事は一度も運ばれてきていない。

薄暗い地下室にいるせいで、今が昼なのか夜なのかもわからない。

あれから何日経ったんだ……？

◇

そこからさらに永久にも感じられるほどの時間が過ぎた。

とうとう僕は恨み言を言う元気すらなくなって、地べたに這って呼吸をするだけの存在となっていた。

自分の炎で肺がやられたのか、呼吸すらままならない。

お腹が減りすぎて、自分の爪をちびちび噛んで飢えを誤魔化す。

地面に溜まっているこの液体はなんなのだろうか。

とにかく口にできるものなら、なんでも口に入れてみた。

痛みと空腹と退屈で、頭がどんどんおかしくなっていく。
やがて僕は、この苦痛からなんとしてでも逃れたいと願うようになってきた。
今になって、なんであそこでアレンに頭を下げなかったのかと後悔が湧いてくる。
クソ……とにかくこの苦痛から逃れたい。
そのためなら、アレンにでもなんでも頭を下げる。
靴だって舐めてもいい。
なんでもいいから、今すぐアレンに会いたい。
アレンに会って謝罪したい。
そうすれば、僕も許されるんだろう……？
この前アレンと最後に会った日の光景がよみがえる。
ああ……アレン……アレンに会って謝罪したい！
僕は牢獄への扉が再び開くのをただ待ち続けた。
またあの扉が開けば、アレンに会える……。
そうして、僕は解放されるんだ……！

◇

もういつ死んでもおかしくないという状態になったころ。

――キィ。

牢の扉が開いて、わずかに明かりが漏れてくる。

「ア、アレン……⁉　わ、悪かった！　僕が全部間違っていた！　謝るから。どうか許してくれ！　もう一度だけチャンスをくれえええええ‼」

僕は最後の力を振り絞って、そう叫んだ。

しかし、そこに立っていたのはアレンではなく、見知らぬ兵士の男たちだった。

「何言ってんだ、こいつ……？」

「さあ、わかんねぇ。死にかけで頭がおかしくなっているんだろう。どうせこれから処刑台に送られるやつだ。どうでもいい」

「ああ、そうだな。口もろくに動いてないし、マジで何言ったのかわかんねえ」

兵士たちはそう言いながら、僕をひきずってどこかへ連れて行こうとする。

そんな馬鹿な……！　僕は確かに今、ちゃんと謝罪の言葉を紡いだはずだ。

「待て……！　どこに連れていくんだ！　僕はまだ死にたくない！　いやだ！」

「うるせえやつだな。フガフガ言ってもわけわかんねえよ！」

僕は何も抵抗できずに、そのまま彼らによって処刑台へと連れて行かれる。

そして、いよいよ処刑台に乗せられ――

大衆の視線が、いっせいに僕に集まる。

どうやらこの場にベシュワールの姿はないらしい。

彼は先に殺されたのだろうか？　それとも僕が先？

「これより、マクロ・クロフォードの処刑を始める！　彼は偽りの勇者だった！　そして王を殺めようと企てたのだ！」

処刑を取り仕切っている男がそう叫ぶと、民衆がいっせいに声を上げた。

「うおおおおおお！　さっさと殺せえええええ！」

「こっちはこの前の鬱憤が溜ってんだ‼」

「なるべく残酷にやっちゃって‼」

そんな声と共に、僕に石やら酒瓶などが投げ込まれる。

いや……待てよ。

この前、ナメップだって斬首される寸前に助かったじゃないか！

あれはなんだったんだ……？

ナメップは神によって助けられたのだろうか？

だったら、僕だってまだわからないじゃないか！

そうだ、僕は真の勇者なんだ。神様が見放すわけがない！

いいぞ、やれるもんならやってみろ！

「僕は勇者だ！　僕は死なな――あ――――」

――グシャ。

◇

【Side：ベシュワール】

「ち、違うんです！　私はあのマクロとかいう勇者に騙されて……！」

「黙れ、ベシュワール！　そのような嘘が通用するか！」

謁見の間に呼び出された私は、王様よりそんな叱責を受けた。

くそ……これまで王の側近として上手くやってきたというのに、どうして！

何年もかけて、平民からようやくここまでのし上がったんだぞ！

それもこれも全部あのマクロとかいうクソ勇者のせいだ。あいつが私にいらぬ誘惑を持ちかけたせいで、すべてが水の泡だ！

「そ、それはおかしいです！　私が毒を盛った証拠など、どこにあるのですか！」

「誰にも気づかれずに私の食事に毒を盛れるのは、側近であるお前しかいない！」

王の指摘はもっともだった。

通常、王の食事は厳正に管理され、毒味も念入りに行われる。

それらのチェックをすりぬけて、何か細工ができるとすれば、それこそ側近である私くらいのものだ。

だがそれは、あくまでも毒だった場合の話。

毒が検出されなければ、私が疑われる理由はない。

今回王様に使った毒は、遅効性のものだ。

それに、あらゆる毒薬を検知する魔道具をすり抜けるほど微々たる量で、効果もわかりにくい。

この毒を盛られても、最初は元々の持病が悪化するくらいの変化しかない。

周りからは、単に王様が病気で倒れたようにしか見えない……だからどうやっても、毒とはバレないはずなのだ。

そのはずだった。

それが……いったいどうしてバレたんだ……!?

「それはおかしいです！　毒などありえません！　魔道具で調べてください！　証拠がないでしょう！」

「いや、証拠ならある！」

私は必死に反論するが、ブレイン王は自信たっぷりにそう言った。

「どこにです……!?」

「私はアレンくんの【毒耐性付与】で回復したのだ。それが何よりの証拠ではないか！」

「な、なんですって……!?」

【毒耐性付与】だと……!?

確かに、あの毒は【毒耐性付与】によってその効果を打ち消せるだろう。

だがしかし、一般に付与術なんてものはその場しのぎにすぎない。たとえ【毒耐性付与】をかけても、その付与はほんの短時間で切れてしまう。付与術には時間制限があるから、【毒耐性付与】はあらかじめ付与しておかねばならないのだ。

毒に身体が蝕まれたあとから付与をしても、ほとんど意味はないはずだ。

というかそもそも、この王はなんでここまで回復したんだ……⁉

そのアレンとかいう付与術師はいったい何者なんだ……⁉

「不思議そうな顔をしているな。それもそのはず、アレンくんの付与は特別だ。だからお前の浅はかな考えの範疇（はんちゅう）をはるかに超えている」

「特別な付与術ですって……⁉」

「そうだ。アレンくんの付与は永久持続する！ つまり、今の私の身体はどのような毒にも耐性があるのだよ！ だからあの毒から付与術によって回復した！」

「え、永久持続付与だと……⁉ そんな馬鹿な……！ そんな嘘のような能力……この世にあっていいはずが……！」

そんな規格外の能力、完全な誤算だ。

そうか、確かに永久持続する付与であれば、【毒耐性付与】だけであの毒に完全に対処できる……！

しかも【毒耐性付与】に反応したということは、私が毒を盛ったという動かぬ証拠でもあるというわけか……！

くそ……完全にしてやられた……

というか、どうやってそんなのを予想しろと言うんだ……！

「これでもう言い逃れはできないな！　皆の者、ベシュワールを拘束しろ！」

「っく………！」

「まったく、残念だ。あれほど目をかけてやったというのに、恩を仇で返すとはな……」

「王様……違うんです……！」

「ええい！　いいかげんに往生際が悪いぞ！　さっさと連れていけ！」

こうして私は、惨めにも牢獄につながれてしまった。

あのマクロとかいうクソと一緒に、クソまみれの汚い牢獄に――

◇

それから数日して、ついに私の処刑の日がやってきた。

あれから嫌というほど地獄を味わった。

もはや死んでもいい……いや、早く殺してくれという気分だった。

何もかも失敗だ。

これ以上生きていても……何も良いことなんてない。

「次、逆臣ベシュワールを処刑する……！　さっさと歩け……！」

私は言われるがまま、断頭台に歩を向けた。

もういいからさっさと終わらせてくれ、そんな気分だった。

しかし、断頭台に到着して、その考えを改めることになる。

「ひぃ……!?」

断頭台にはそのまま、マクロの生首と、首が離れた胴体が置いてあったのだ。

それもついさっきまで生きていたらしく、やけに生々しい。

彼の死体を見てしまい、私はその場に嘔吐した。

「おうぇえええええええええ……」

私の足はすっかりすくんでしまった。

さっきまではどこか他人事のように思っていたが――

いざそれを目の前にすると、自分も数分後にこうなるのだと思うと……なんとも言えない気分になった。

身体中を虫が走り回っているような、そんな怖気がした。

「いいからさっさと殺せ!」

「びびってんじゃねえぞ!」

群衆たちはマクロの処刑で、さらにヒートアップしていた。

その熱気に押されて、私は思わず一歩下がろうとしてしまう。

そこを、すかさず両脇から兵士に腕を押さえられる。

どうやら逃げるなんていうのは、かなわなそうだ。

「う……うう……いやだ……いやだあああああ……!!」

暴れる私を取り押さえて、彼らは断頭台をセットする。

そして、いとも簡単にその装置を作動させた。

「うわあああああああああああああああ！！！！」


——ギチャッ……!!

◇

マクロとベシュワールは裁判にかけられ、死刑が言い渡された。

僕——アレンはそれを見なかったけれど、刑はもう執行されたらしい。

まあ、一国の王を殺そうとしたのだから、そうなるのは当然だった。

僕としても、やっぱり彼がミネルヴァにしたことは許せない。

裁判の証言台には、あのエレーナも立った。

エレーナも死刑こそ免れたが、マクロに協力し、隠ぺいしたことが罪に問われた。

証言をしたおかげで多少は罪が軽くなったが、それでも当分は牢から出てこられないそうだ。

彼女にも、元仲間としてしっかりと罪を償ってもらいたいという思いだった。

というわけで、僕の元パーティメンバーたちは全員が罪を犯して、そのせいでとんでもないことになってしまった。

こんな結果になって残念だ。

一方の僕は、今回の一件で、王様からまたまた多大な感謝をされるのであった。

「本当にアレンくんのおかげで、国の汚物を一斉に排除できた……君がいなければ、この国は……私は終わっていたかもしれない」

王城の謁見の間で、ブレイン王が僕に頭を下げた。

「いえ、僕は本当に……昔の仲間の尻拭い(しりぬぐい)をしただけですよ……」

まったくの他人じゃないから、僕としても放っておけなかった。

それに、もともと人助けは嫌いじゃない。

「さて……偽の勇者ナメップとマクロは処刑されて、勇者の席が空いている」

「え……ちょっと待ってください。まさか……」

「そうだ。私はアレンくん、君を次の勇者にと考えている。まだ任期の途中だから、仕事はたくさんあるぞ」

「ぼ、僕が……勇者……!? べ、別に僕はそんなつもりで行動したんじゃ……」

「いや、君しか適任はいない。この任期中に二度も偽の勇者を出してしまったんだ。国の面子を考えても、もはや信用のできる君以外に候補がいないのだ！　偽の勇者を暴いた君なら、国民も納得するだろう！」

王様の熱気に負けて、僕はとうとう頷いてしまう。

「わ、わかりました……が、頑張ります……！」

なんだかとんでもないことになってしまった。

イリスさんも手を叩いて喜んでいる。

「アレンさんのような優しい方は勇者にぴったりだと思います！」

「イリスさん……」

僕が勇者か……

まさか付与術師の僕が勇者だなんて、誰も考えもしないだろうな。

そのあと勇者の仕事について詳しい話を聞いたけど、どうやら本当に僕にはぴったりみたいだった。

こうして僕は、エスタリア王国の勇者になったのだった。

10　勇者のお仕事

勇者の仕事は基本的には人助けだ。

新たに勇者になった僕は、特に目立つようなこともせずに、淡々と仕事をこなしていった。

人から感謝されるのは、この上なく気持ちのいいことだった。

「いやぁ、新しい勇者様は人柄もよくて、さすがだ！」

「そうね、前の勇者みたいに威張ったりしないものね」

街の人たちもみんないい人で、そんなふうに僕を受け入れてくれた。

僕はミネルヴァと、いろんな街や村を回って、人助けをしていった。

中には驚くほど簡単なお願いもあったけど、それがまた和(なご)やかで楽しい時間でもある。

きっと勇者としてそうやって交流することが大事なんだろうね。

国の安定のためにも、本当に大切な仕事だと実感する。

そうやってどんどん勇者の仕事をこなしていった、ある日のこと――

『ぱららぱっぱっぱ～!!』

突如、僕の頭上にそんな間抜けな音が鳴り響いた。

「え……!?　レ、レベルアップ……!?」

だけど、経験値はそこまで溜っていないはずだ。

あまりレベルを上げすぎても意味がないから、【経験値付与】もそこそこで止めている。

いったいなんの音だろうか……

『アレンは〝実績〟を解除しました！』

「実績……!?」

戸惑っている僕を見て、ミネルヴァが首を捻った。

「どうしたの？　アレン……」

「い、いや……」

どうやらこの謎の音声はミネルヴァには聞こえていないようだ。

いったい実績っていうのはなんなんだ……？

勇者になったことで、何かが起こったっていうのか……？

『実績〝付与術を一万回使用する〟を解除したことにより、新しい能力がアンロックされます』

「あ、新しい能力……!?」

っていうか、僕もう一万回も付与術を使っていたのか……!?

まあ、これまでに勇者として人助けをする過程でいろいろ使ったからなぁ。

病気の人を治したり、人を強化して手助けしたり、やっぱり付与術は人助けにおいて最適な能力だ。

でも、新しい能力って、いったいなんなんだ……⁉

僕の固有の能力といえば、永久持続する付与と、それから【レベル付与】がある。

新しい能力が増えるってことだとしたら、今以上に最強になっちゃわないか⁉

『能力【無生物付与】を会得しました』

「む、【無生物付与】……⁉」

って……つまり……⁉

『以降、人や動物以外に対しても、付与を施すことができます』

「えぇ……⁉　本当に……⁉」

一般的に、付与術師というのは、パーティ内で味方に付与でバフなどをかける職のことを指す。

道具に効果を付与するのは、基本的には魔道具技師や錬金術師の役目だ。

僕のような付与術師では、逆立ちしても道具に付与はできないはず……

それなのに……【無生物付与】だって……⁉

「ねえ、アレン……さっきから独り言ばかりでよくわからないんだけど……とりあえずその、【無生物付与】？　っていうの、使ってみたら？」

「え、うん……そうだね……」

ミネルヴァの言う通り、物は試しだ。

とりあえず、今自分の手元にある剣を用意した。

別に今の僕は剣なんて使わなくても、たいていの相手には素手で勝てるステータスだ。
だけど、やっぱり勇者として格好がつかないからと、王様からこの剣を渡されていた。
とはいえ……この剣に何を付与すればいいんだ……？
いや……決まっているか。
それはもちろん――
「えい！　【レベル付与】を【勇者の剣】に付与――!!」
すると――

名前　勇者の剣
レベル　1
攻撃力　150
経験値　0／1563

「できた……!?　でも、剣がレベル1って……どうなるの、コレ……!?」

どうやら僕の新しい能力【無生物付与】は、物にレベルを与えられるものらしい。

勇者の剣にレベルを付与したところ、武器なのにレベルの項目が表示された。

言うならば『武器レベル』といったところか。

「ねぇ、アレン。試しにこれのレベルも上げてみましょうよ」

ミネルヴァが剣を指さして言った。

「うん、そうだね。でも、武器の経験値って、どうやって上げるんだろう？」

めちゃくちゃ使い込まなきゃならないとすると、大変そうだぞ。

でも、経験値の表示があるってことは、【経験値付与】が使えるんじゃないか？

「ミネルヴァ、試しに【経験値付与】をお願い」

「え⁉　武器にかけるの？　で、でもわかったわ。えい……！」

ミネルヴァの【経験値付与】を使って、武器レベルが上げられないか試してもらった。

名前　勇者の剣
レベル　１０
攻撃力　１５００
経験値　０／３６２４９

……すると、見事に武器のレベルが上がった。

【無生物付与】を持っていないミネルヴァが、武器に経験値を付与できる理由は不明だ。

でも、彼女の【経験値付与】が僕の【レベル付与】を補助する性質のスキルだと考えれば、なんとなくわかる気もする。

武器に経験値を付与したのではなく、武器に付与されたレベル要素に反応しているというところだろう。

そして、勇者の剣の性能だが、レベル10になったことで、攻撃力が元の十倍になった。

これは人間のレベルアップと同じ仕組みのようだ。

でも、具体的にどう強くなったのだろうか。

「試しに素振りしてみよう」

――ぶん……!!

すると――

――ズシャアア!!!!

「…………!?」

なんと剣は今までに感じたことがないくらい軽かった。そして、ものすごい速さで振ることができた。

しかもそれだけではなく、剣先から衝撃波のようなものが飛び出た気がする。

刃が直接当たってもいないのに、僕の目の前にあった木がスパッと切れてしまっている。

「えぇえぇえ……！　すごい……」

武器レベルっていうのは、単純な攻撃力だけではなく、他にもいろんな効果がありそうだ。

もっとレベルアップさせてもいいけど、とりあえずこれはしまっておこう。

自分自身のステータスだけじゃなく、武器までレベルアップできるなんて……これから僕はどこまで強くなれるんだ……？

◇

ある日のこと、またまた僕たちに勇者としての仕事が舞い込んできた。

今回はちょっと離れた村からの要請で、僕たちの力を借りたいらしい。

いつものように僕とミネルヴァは白馬に乗って向かう。

ダンジョンに向かうときに使った白馬は、僕たちの希望で買い取らせてもらって、今では立派な愛馬だ。

ちなみに名前はクラレーン。

村に着くなり、村長が説明とともに出迎えてくれた。

「おお！　勇者様！　よくぞおいでくださいました」

「それで、依頼というのは？」

「実は……以前この村の周辺で落石事故がありまして……」

「ああ……それは大変だ」

「そのせいで、坑道に続く重要な道が通れなくなっているんですよ」

「なるほど、その岩をどかせばいいんですね？」

まあ、人の役に立つことは好きだから、別にかまわないんだどね。

そのくらいなら、僕を呼ばなくてもなんとかなりそうなものだけど……と、少し不思議に思う。

僕たちはさっそく現場まで案内してもらった。

現場を見て、僕は呆然とする。

巨大な岩が道を塞いでいるのだが——

「これって……岩……というより……」

「はい、そうです。謎の鉱石とでも言うべきもののようで……」

それはどう見てもただの岩じゃなかった。

質感から言って、硬そうな鉱物だ。

「村一番の怪力自慢でもどうにもならなかったのです。ぜひ勇者様のお力をお借りしたく」

「わかりました。なんとかしてみます。これ、砕いてしまってもいいんですよね？」

「はい、大丈夫です。このままだと、加工もできませんから」

どんな性質なのかはわからないけど、これはそう簡単には砕けそうにないね。

ちなみに、鉱山でもこのような異常に硬い岩は見たことがないそうだ。

まったく未知の鉱石ということになるね。

村長によると、採掘用の魔道具を使ってもびくともしなかったらしい。

「うーん、どうしようか、ミネルヴァ？」

「とりあえず、剣で叩いてみたら？」

「そうだね……！　えい！」

僕はこの前レベルアップさせたばかりの勇者の剣を使って、その謎の岩に攻撃を加えてみた。

——キン！

しかし、甲高（かんだか）い音を立てて、刃が弾き返されてしまう。

「うわ……！　やっぱり硬い……！」

剣だと歯が立たないや……

ちなみに素手で持ち上げたり押したりしてみても、びくともしなかった。

ステータスの高い僕の力でも、どうにかなる範疇を超えているようだ。

「やっぱり岩を砕くなら、剣じゃなくてハンマーだよね」

村にあった一番大きなハンマーを借りてきて、それにレベルを付与することにした。

名前　オーク・ハンマー
レベル　1
攻撃力　100（+破壊力20）
経験値　0／2730

どうやらハンマーには剣と違って、破壊力という特殊なステータスがあるみたいだね。

ハンマーをレベルアップさせていけば、なんとか岩を破壊することができそうだ。

「じゃあミネルヴァ、【経験値付与】をおねがい」

「うん、もちろん！」

僕たちはさっそくハンマーのレベルを上げる。

名前　オーク・ハンマー
レベル　10

攻撃力　1000（+破壊力200）
経験値　0／57433

「よし、これでどうだ！　えい！」

僕はレベル10のハンマーで岩を思い切りぶん殴った！

――ドーン！！！

わずかながら岩に亀裂が入ったものの、あくまでごく一部。これではとても砕くことができない。

だけど村長は僕の攻撃に大げさに驚いた。

「おお……！　さすが勇者様だ……！　他の者ではヒビひとつ入らなかった岩を……！」

「でも、この調子だと百年かかりますよ……」

こうなったら、もっとハンマーのレベルを上げていくしかない。

それこそ、レベル1000くらいは必要なんじゃないのか……？

だけど、さすがにそれほどのレベルにするには、今のままだと圧倒的に魔力が足りない。

一応、僕とミネルヴァのスキルを組み合わせれば、ほぼ際限なくレベルを上げることはできるだろう。

だけど、魔力は消費する一方だから、他のステータスの上がり幅に比べてどうしても緩やかになる。

レベルを上げるにも、他の付与をするにも、何をするにも魔力が必要になる。

一方で、攻撃力などは今でも十分規格外だし、それほど上げる必要もない。

これまでにもかなりの付与をしてきたのもあって、そろそろ魔力の上昇効率が悪くなってきたと感じているのだ。

「よし、ここいらでちょっとステータスの振り直しをするか」

「え？　アレン、どういうこと？」

「簡単だよ。いったん付与を解除して、レベルを1に戻す。それから魔力だけにステータスを振って、もう一度レベルを上げ直す」

「なるほど……！　それなら莫大な魔力が手に入るわね！」

「そう。魔力以外のステータスは一時的に下がるけど、ひたすらレベルを上げればまた勝手に増えるから、大丈夫だ」

というわけで、僕はいったん自分にかけたすべての付与を解除してみることにする。

もちろん、ブレイン王や妹、ミネルヴァのお父さんにかけたもろもろの付与はそのままだ。

みんなにかけた付与をいきなり解いてしまうと、またナメップのときのように大変なことになるからね。

とりあえず僕とミネルヴァの付与を一通り解除してみよう。

名前　アレン・ローウェン
職業　付与術師
男　16歳

攻撃力　94
防御力　82
魔力　585673 9
魔法耐性　81
敏捷　61
運　53

「うわぁ……すっごい……500万って……」

他のステータスに関しても、これまでの戦闘経験で、素のステータスが成長している。

ナメップたちといたころは付与するばかりで、自ら戦ってこなかったから、ろくに上がらなかったけど、自分で戦っていたおかげで、徐々にだがステータスが上がっている。

魔力量がかなり多いけど、ミネルヴァの【経験値付与】によって上昇していた分のステータスも、魔力に還元されているのかな？　そうじゃないと説明がつかない。最初に各ステータスに付与した分の魔力だけでなく、【経験値付与】でのレベルアップによって増えたステータスの分も魔力に還元されている気がする。他にも細かい数値の仕様はよくわからない。

厳密に計算したわけじゃないから、ここは神のみぞ知るって感じか。

でも、かなり魔力が上がっているから、これまでに使った付与の影響はかなりありそうだな。

それから、ミネルヴァのステータスはこうだ。

名前　ミネルヴァ・ティマイオス
職業　付与術師
女　17歳
攻撃力　　456
防御力　　554
魔力　　　2324

魔法耐性　1298
敏捷　982
運　887

彼女のステータスも僕の【レベル付与】によって上がっていたものだったから、それを解除したことで、ほぼもとのステータスに戻っている。

ミネルヴァの魔力も、これまでに何度も【経験値付与】を使った影響か、ちょっとだけ上がっている。

まずはこのステータスの状態で、僕の魔力を一部ミネルヴァに付与することにした。

ミネルヴァには【経験値付与】を使ってもらわないといけないから、それなりに魔力が必要だ。

１００万の魔力を付与するには、２００万の魔力がいるけど……まあいいか。

それから僕とミネルヴァに【レベル付与】をかける。

レベル１のときの僕の魔力は３８５６７３９、ミネルヴァの魔力は１０００２３２４。

そしてこの状態でミネルヴァに【経験値付与】をしてもらい、僕のレベルを上げる。

レベル１から２に上がるだけで、僕の魔力は７００万以上になるわけだ。

あとはミネルヴァの魔力が切れるまで、僕のレベルを上げてもらう。

それからはまた僕の魔力をミネルヴァに付与、そして今度はミネルヴァが自身のレベルを上げる。

それを何度も繰り返すことで、効率よく魔力を減らさずに、無限にレベルアップができる。

そして、お互いに最強のステータスになることができた。

最終的に僕のレベルは１０００まで上げておいた。

ミネルヴァのレベルは１０００くらいだ。

【経験値付与】で自分をレベルアップするのは、他人のレベルを上げるのに比べて、どうしても魔力消費が大きくなるみたいだ。


これでもまだまだ魔力が余っている。

魔力に関しては単純な千倍ではなく、かなり誤差もあるみたいだ。

レベルアップさせる途中でミネルヴァに付与したり、消費したりしているから、もはやこの辺の計算はよくわからない。

名前　アレン・ローウェン
職業　付与術師
男　１６歳

レベル　１０００
攻撃力　９４０００
防御力　８２０００
魔力　１２３９３２１６３２
魔法耐性　８１０００
敏捷　６１０００
運　５３０００

名前　ミネルヴァ・ティマイオス
職業　付与術師
女　１７歳
レベル　１００
攻撃力　４５６００

防御力　５５４００
魔力　６７２４３１５６７
魔法耐性　１２９８００
敏捷　９８２００
運　８８７００

「さてと、これで本当に魔力も使い放題だな。次はこの魔力で……」

今度は武器のレベルを上げていく。

ミネルヴァに頼んでオーク・ハンマーをレベル１０００まで上げた。

名前　オーク・ハンマー
レベル　１０００
攻撃力　１０００００（＋破壊力２０００００）

「さすがにこれで殴ればどうにかなる……よね？」

レベル１０００まで上げたハンマーを持って、僕はさっそく岩に殴りかかる!!

「えいっ！」

――ズドーン!!

すると、以前まででは考えられないほどの威力が出た。

軽く振っただけで吸い付くように岩にぶちあたる。

突風が巻き起こり、周りの木々にまで影響がありそうなくらいだ。

そしてもちろん、例の岩は粉々に砕け散った。

――バキィ!!

「やったぁ……！」

しかも、ちょうど鉱物として利用しやすそうな小ぶりなサイズに砕けている。

あれほどびくともしなかった岩が、こうも簡単に壊せてしまうなんて……

「さすがは勇者様……！　ありがとうございます！」

村長も喜んでいるみたいだ。

「いえ、お役に立ててよかったです」

しかしレベルアップさせただけで、単なるハンマーの性能がここまで変わるなんて、驚きだ。

もしかしてこの【無生物付与】を使えば、なんでも最強にできるんじゃないのか……？

「それじゃあ、僕たちはこれで」

「ええ、本当にありがとうございました、勇者様」

僕たちは仕事を終え、帰路に就くべく、村の中を歩く。

すると、いくつかの民家がふと目に入ってくる。

基本的にはよく整えられた綺麗な村だが、いくつかの家は今にも崩れかかっていた。

落石事故といい、村の人たちの安全が気になってしまう。

「あの……壊れかけている家がいくつかありますが、何かあったんですか？」

「いえ、その……この辺りはもともと雨や嵐の多い地域なのですよ。そのせいで定期的に家を建て替える必要があるんです。先日の落石事故も雨の影響でして……」

「なるほど……でも、だったらなぜこんな危険なところに村を？」

「ええ、もともとこの村は、鉱山で栄えていたんです。今でもわずかではありますが、それなりの品質の鉱石が出ます」

なるほど、その鉱山への道が落石で閉ざされたら、生活が立ち行かなくなるよな。

決して住みやすい場所とは言えないけれど、ここで生まれた人たちにとっては、大事な故郷の村だよね。

なんとかできればいいけど……

「そうだ……！　もしかしたら、家の耐久性を格段に上げられるかもしれませんよ！」

僕が思いついたことを口にすると、村長が目を丸くした。

「えぇ……!?　勇者様、それは本当ですか!?　まさか勇者様は建築にも精通されているのですか？」

「いえ、そういうわけではないんですが……」

とりあえず、試しに僕たちは村長の家まで案内してもらった。

村長の家は村でも大きめの平屋で、丈夫そうな造りだけど、やっぱり老朽化（ろうきゅうか）が目立つ。

事前に室内も確認させてもらい、レベルアップにとりかかる。

「じゃあ、【レベル付与】――！」

僕は試しに『家』そのものに付与をしてみた。

「ゆ、勇者様……!?　い、今何を……!?」

「ああ、【レベル付与】をしたんです。まあ、家を強化したと思ってください」

「い、家に付与をかけたんですか……!?」

「そうですね」

「家に付与だなんて……前代未聞です……さ、さすがは勇者様だ……」

まあ、僕もそんな話は聞いたことないけどね。

名前　村長の家

レベル　1
耐久度　500
居住可能人数　3人

とりあえず、家にレベルを付与してみたから、ミネルヴァにバトンタッチする。

「じゃあミネルヴァ、お願い」

「うん……でも、家がレベルアップしたらどうなるんだろ……」

「さあ……まあ、やってみるしかないね」

ミネルヴァが家に【経験値付与】をかける。

すると――

『村長の家がレベルアップしました！』

――ドーン!!

「うわぁ……!?」

なんと1つレベルアップさせただけで、村長の家が大きくなった。

名前　村長の家
レベル　2
耐久度　1000
居住可能人数　6人

「おお……！　すごい！」

立派だった村長の家が一回り大きくなり、部屋数も増えたみたいだ。

さらに、耐久年数も上がっている。

「ゆ、勇者様……！　こ、これはいったいどんな魔法なんですか……！」

急に大きくなった家を見て、村長が腰を抜かしている。

「ええっと……これで一応は家も丈夫になったと思います」

「す、すごい……まさに神業ですね……勇者……いや、神様だ！」

「お、大げさですよ……」

念のため、もう少しレベルアップさせておこう。

でも、これ以上大きくすると隣の家とぶつかってしまいそうだけど……その辺は大丈夫なのかな？

まあ、隣の家はもう崩れかけていて、誰も住んでいないみたいだし……とりあえずあと1レベルくらいは大丈夫だろう。

「じゃあ、ミネルヴァお願い」

「うん、【経験値付与】——!!」

すると——

なんと、今度は水平方向ではなく、縦に増築された。

そう、平屋だった村長の家が、二階建てになったのだ。

「おお……!?」

名前　村長の家
レベル　3
耐久度　2000
居住可能人数　12人

「これはもう……ちょっとしたお屋敷ですね……」

「勇者様……！　ありがとうございます！　家まで大きくしていただいて……夢のようです！」

とまあ、こんな感じで、どうやら家を大きくしたりもできるようだ。

この【無生物付与】と【レベル付与】の組み合わせは、思ったよりいろんなことができるのかもしれない。

「さっそく、大きくなった家の中に入ってみましょうか」

「そうしましょう」

僕たちは村長に導かれ、おそるおそる家の中におじゃまする。

外は増築されていたけど、内装はどうなっているんだろうか。

「って……なんじゃこりゃあああ!?」

家に入ったとたん、村長は大きな声を上げた。

僕たちも、さすがにこれは驚いてしまう……

なんと、外装だけでなく、内装や家具までもレベルアップしていたのだ。

「家具には【レベル付与】してないんだけどな……どういうことなんだ……？」

具体的には、木でできたなんの変哲もない質素なテーブルや椅子が、多少装飾された丈夫なものに変わっている。

それから、ベッドもシングルサイズがダブルベッドに。

布団も経年劣化して薄くなっていたものから、新品同様のふかふかのものに。

タンスの収容スペースも広がっている。

トイレもいかにもな田舎の簡易的なものから、都会でも使われる魔道具を使用した水洗トイレになっている。

さらには魔道具を利用したシャワースペースまで完備。

しまいにはタンスの中の服まで、くたびれたシャツが高級な白シャツになっていた。

もしかしてこのレベルアップ……思ったよりもすごい……？

「アレン……これって……」

「うん。家のレベルアップ……とんでもないことになるね……」

どうしよう、このまま家をレベルアップさせ続けたら、そのうちお城になっちゃったりするんだろうか。

それにまさか家そのものだけではなく、居住スペースとして全体の設備がレベルアップしてるなんて……

これは、僕が家を単なる壁と天井ではなく、住む場所として認識していたからなのか？

だとしたら、もっといろんなケースで検証も必要になるな。

僕の認識次第で【レベル付与】の範囲が変わるのだとしたら、とんでもないことだぞ。

「ゆ、勇者様……！　家の耐久度だけでなく、ここまでしていただけるとは……！　生まれてこのかた、このような家に住んだことはありません！　感激です！」

村長は感激のあまり、奥さんと抱き合って涙を流して喜んでいる。

「ああ、うん。僕もここまでとは思っていませんでしたよ……」

とはいえ、村長の家だけが立派になると、村人から反感が出そうだなぁ。

「とりあえず全部の家をレベル３にしておくか」

「本当ですか!?　勇者様……なんと太っ腹なんだ……！」

まあ、そのくらいの魔力消費なら、正直今の僕からしたら誤差だ。

それに、またミネルヴァとあれこれ付与をしあえば、魔力は実質いくらでも上げることができるんだし。


というわけで、僕は村中の家をレベルアップした。

これで大雨にもずっと耐えられる丈夫な村になったはずだ。

レベルアップにともなって家の住みやすさも上がって、村人たちはみんな喜んだ。

住める人数も増えたし、これからこの村にはもっと人が増えるかもしれないね。

「本当に勇者様はこの村の救世主です！」

「うちの家が……！　夢のマイホームだわ！」

「この村に生まれて本当によかった！」

村人たちからそんな喜びの声がたくさん上がった。

だけど、家だけ立派にしても、この村がさびれたままの現状はあまり変わらないよね。

正直、このままだと家の広さに対して村人が少なすぎるし……もう少し人を呼び込めないものだろうか。

「あ、そうだ……！」

「どうかされましたか、勇者様？」

「村長さん、この村の近くの鉱山は、昔はもっと鉱石がとれたんですよね？」

「はい、そのように聞いています。ですが今は産出量がかなり減ってしまっていて……」

「それもどうにかなるかもしれませんよ……！」

「本当ですか……!?」

僕はさっそく、鉱山に行って【レベル付与】をした。

もちろん、付与する対象は『鉱山』そのものだ。

「おお……！　鉱山にも付与できた……！」

ならば、これをレベルアップさせることも可能なはずだ。

そして鉱山をレベルアップさせると……

「【経験値付与】……！」

ミネルヴァの付与で、一気にレベル１０までアップさせる！

すると――

名前　アミュレット鉱山
レベル　1↓10
鉱石量　500↓5000
鉱石質　5↓50

鉱石量が十倍になった。

これなら、涸（か）れかかっていた鉱山も、昔のような輝きを取り戻すに違いない。

鉱石の量はともかく、質が５０ともなると、前よりもすごいんじゃないのか？

「ゆ、勇者様……こ、これは何を……⁉」

「鉱山をレベルアップさせました。これで以前のようにまた鉱石がたくさん採掘できると思いますよ」

「おお……！　本当ですか！　それはありがたすぎます……！」

村長は仰々しく跪いてお礼を言った。

近くで話を聞いていた村人たちも、僕の周りに円を作って、まるで神様をあがめるようにしてたたえてくる。

「これでまたこの村も昔のように活気づきます！」

「まさに神の御業だ……！　アレン様の像を作ろう！」

「よし、男たちはさっそく鉱山に入れ！」

村のリーダー格の男がみんなをまとめて、ぞろぞろと鉱山へ入っていく。

僕もレベルアップした鉱山がどれほどのものか気になるところだ。

せっかくレベルアップした家も余っているので、しばらくこの村に滞在することにした。

レベルアップ後の家の様子も確かめられるしね。

その間にも、ミネルヴァと魔力と付与をやりとりして、自分たちのレベルと魔力を上げておく。


数日して、レベルアップした鉱山のすさまじさがわかった。

鉱山から運び出されてきた鉱石は、どれも一級品。

この村ではもともととれなかった種類のものまで採掘できたようだ。

しかもどれも質が良く、大きく、加工しやすい鉱石ばかり。

「アレン様のおかげで、この村は安泰だ！」

「こんな鉱石は今まで見たことがない……！」

「しかし……これほどの鉱石、この村の少ない男手では掘りきれないぞ……」

確かに、村人たちの言う通りだ。

この村は過疎化と高齢化で、若い男性が少ない。

時間が経てば鉱山を目当てに人もお金も集まってくるんだろうけど、どうしても今のままだと道具も人も設備も足りていないから、効率が悪い。

初老の男性陣が腰を痛めながら鉱山に入っていく様子は、とてもじゃないけど見ていられなかった。

僕がレベルアップさせた鉱山のせいで、寿命を縮めるようなことがあったら、申し訳ない。

「そうだ……！　ちょっと、それ貸してもらっていいですか？」

「これですか……？」

僕は鉱員たちからピッケルを預かった。

そしてそれに【レベル付与】をかけ、ミネルヴァにレベルアップさせてもらう。

名前　　採掘用ピッケル
レベル　　1→10
採掘速度　15→150
掘削力　　20→200

「これで掘ってみてください」

「わかりました。ありがとうございます、勇者様」

僕はレベルアップさせたピッケルを鉱員たちに手渡す。

彼らがピッケルで掘り進めると……

——ザクザク。

——ザクザク。

凄い勢いで鉱石が出てきた。

「おお！　すさまじい変化だ！　これなら力のない老人や子供でも掘れるぞ！」

「さすがは勇者様の付与されたピッケル！　岩壁がまるで砂のようだ！」

「本当にありがとうございます、勇者様！」

またまた大げさにお礼を言われてしまった。

鉱山から大量の鉱石がどんどん運び出されていく光景は壮観だった。

これでこの村の過疎化もなんとかなりそうだ。

その後ピッケルは使用を重ねると勝手にレベルアップしていった。

どうやらミネルヴァの【経験値付与】を使わなくても、使用しているだけで自然に経験値が溜まるようだ。

そのあたりは人間がレベルアップする場合と同じだね。

ていうことは……家も住んでいるだけでレベルアップするのか……？

いや……それはまさかね……

それからもう一つわかったことがある。

【レベル付与】解除……！」

例の岩を壊したハンマー、あれはもう用済みだから【レベル付与】を解除してみた。

すると、岩を壊したときにもレベルアップしていたみたいで——

最初に付与したときより多くの魔力が僕のもとへ還元された。

「え……これって……」

そう、レベルを付与してから得た経験値は、【レベル付与】を解除すると、それが魔力となって僕のもとへ戻ってきているようなのだ。

ということは、ただ道具に【レベル付与】をして、レベルアップさせていくだけでも、無限に魔力が回収できるんじゃ……？

まあ、もともと僕とミネルヴァの能力があれば魔力なんていくらでも手に入るんだけど……

それでも、これからもいろんなところに【レベル付与】をしていくのなら、これは良い情報だ。

とりあえず、僕は自分の靴に【レベル付与】をしておいた。

これで歩くだけで靴に経験値が溜っていくはずだ。

いざというときに靴の【レベル付与】を解除すれば、まとまった魔力が手に入るだろう。

「本当に……アレン、無限の魔力を手に入れちゃったわね……」

「だね……怖いくらいだよ……でも、それこれもミネルヴァと出会えたおかげだ！」

「私も、アレンと出会えて本当に良かったわ……！」

そう言って、僕らは互いに微笑み合う。

そして充実した気持ちで、村をあとにした。

思えば、無能な付与術師としてパーティを追放されたのが、ずいぶん昔のことのように感じる。

そんなどん底の状況にいた僕が運命の人――ミネルヴァと出会い、こうして勇者になるなんて、つくづく人生とはわからないものだ。

これからもこの付与の能力を使って、いろんな人を助けていきたいね。

\マイペース/
救済生活はじめます!

教会都市パルムの神学校を卒業した後、貴族の嫉妬で、街はずれの教会に追いやられてしまったアルフ。途方に暮れる彼の前に現れたのは、赴任先の教会にいたリアヌンという女神だった。アルフは神の声が聞こえるスキル「預言者」を使って、リアヌンと仲良くなると、祈りや善行の数だけ貯まる「神力」で様々なスキルを使えるようにしてもらい——お人好しな神官アルフと街外れの愉快な仲間との温かな教会ぐらしが始まる!

◎各定価:1320円(10%税込)　◎illustration:かわすみ

女神様全面協力(?)
お悩み相談でトラブルは万事解決!!

この作品に対する皆様のご意見・ご感想をお待ちしております。

おハガキ・お手紙は以下の宛先にお送りください。

【宛先】

〒150-6008 東京都渋谷区恵比寿4-20-3 恵比寿ガーデンプレイスタワー 8F
（株）アルファポリス　書籍感想係

メールフォームでのご意見・ご感想は右のＱＲコードから、
あるいは以下のワードで検索をかけてください。

アルファポリス　書籍の感想

ご感想はこちらから

本書はWebサイト「アルファポリス」（https://www.alphapolis.co.jp/）に投稿されたものを、改題、改稿、加筆のうえ、書籍化したものです。

最強付与術師の成長革命
追放元パーティから魔力回収して自由に暮らします。え、勇者降ろされた？　知らんがな

月ノみんと（つきのみんと）

2023年9月30日初版発行

編集－仙波邦彦・宮坂剛
編集長－太田鉄平
発行者－梶本雄介
発行所－株式会社アルファポリス
〒150-6008 東京都渋谷区恵比寿4-20-3 恵比寿ガーデンプレイスタワー8F
TEL 03-6277-1601（営業）　03-6277-1602（編集）
URL https://www.alphapolis.co.jp/
発売元－株式会社星雲社（共同出版社・流通責任出版社）
〒112-0005東京都文京区水道1-3-30
TEL 03-3868-3275
装丁・本文イラスト－しの
装丁デザイン－AFTERGLOW
印刷－中央精版印刷株式会社

価格はカバーに表示されてあります。

落丁乱丁の場合はアルファポリスまでご連絡ください。

送料は小社負担でお取り替えします。


ISBN978-4-434-31921-1 C0093